Rolf Dieter Kaufmann

Weiß jemand, ob die Braut katholisch ist?
oder
Der Narr muss nichts und kann alles

Illustration, grafische Gestaltung: Johanna Uhle.

Für Carolin,
aus reiner Zuneigung und aus Motiven, die mir ein unzugängliches Geheimnis sind.

Originaltitel: **Matrimonio a Dorsoduro**. Editore Libertà Intellettuale, Calle Moretti, Venezia.
Verlag: Tredition GmbH, Hamburg
© 2017 Rolf D. Kaufmann

Printed in Germany
ISBN 978-3-7345-9392-5 Paperback
ISBN 978-3-7245-9393-2 Hardcover
ISBN 978-3-7345-9394-9 e-Book

Rolf Dieter Kaufmann

Weiß jemand, ob die Braut katholisch ist?
oder
Der Narr muss nichts und kann alles

Prolog

Eine Maske ist kein verwaistes, scheu umher huschendes und zum Geistleben verdammtes Gespenst.

Sie ist nicht gleichzeitig hier und woanders, wie das für manche Person in Bezug auf ihre mentale Anwesenheit und Orientierung zu Zeit, Ort und Identität zutrifft.

Der Maske fehlt die Kraft des Denkens. Sie denkt nicht. Sie fühlt nicht. Sie handelt nicht.

Die Maske ist verfestigte Erscheinung der menschlichen Einfalt.

Sie fühlt weder Recht noch Unrecht. Sie redet nicht tolerant. Sie führt keinen Schönwetterdialog. Sie ist nicht Zeit- und nicht Leidvertreib. Sie führt weder Eintracht noch Zwietracht noch Niedertracht im Schilde.

Nicht streitbar, jedoch unwandelbar, trägt man sie mit sich herum.

Sie zwingt in ein erdachtes Schema von *Was ist das Leben und wofür ist es?* Der Betrachter verliert sich in Vorstellungswelten und in Träumereien, in die sich sonst nur begibt, wer viel nachdenkt.

Im Augenblick des Erscheinens ist die Maske wirklicher als die Person, die sie benutzt. Sie ist Lichtgestalt dessen, der sie trägt und davon berichten will, weshalb er sie trägt. Sie ist präsenter und zuverlässiger als derjenige, der sich hinter ihr verbirgt.

Ich, Nicolò Amareno

Jetzt bin ich ein alter Mann

Ich, Nicolò Amarena, bin ehrenamtlicher, öffentlicher Schreiber des Stadtteils Dorsoduro. Ehemals, vor meiner Pensionierung, war ich einmal Öffentlicher Zuträger in der zweiten Instanz des Appellations- und Kriminalobergerichts in der Cornergasse *Calle Corner* im Stadtbezirk San Polo. Aber das ist lange her. Jetzt bin ich ein alter Mann.

Nicolò
Amarena

Venedig geht unter

Nach neuester Berechnung wird Venedig nun doch versinken. Zwar kämpfen die Venezianer jedes Jahr dagegen an, doch die Stadt ist nicht zu retten.

Jetzt haben Forscher festgestellt, dass der Meeresboden unter meinem geliebten Venedig absinken wird.

Besuchen sie mich in meinem Büro

Als öffentlicher Schreiber des Stadtteils Dorsoduro in Venedig habe ich oft davon geträumt, in das innere Leben meiner Landsleute einzutreten und die Erinnerungen dazu aufzuschreiben.

Venedig besteht aus Wasser und Geschichte. Man kann nur schwer das Wesen meiner Heimatstadt erfassen.

Man sollte sich jedoch bemühen, den obligatorischen Schritt zum besseren Verständnis zu wagen, damit man die fantastischen Schätze und die unsagbar wertvollen Sehenswürdigkeiten meiner Wasserstadt in ihrem Wesen begreift und am Leben erhält.

Meine private Wohnung (Aber das dürfen *Sie* nicht weitersagen!) ist beim Barnabas-Platz *Campo San Barnaba,* nahe der Unterführung zum Heiligen Barnabas *Sotopòrtego San Barnaba.*

Zu *Ihrer* Information: Ein Sotopòrtego ist ein Fußweg in Venedig, der unter einem Gebäude hindurch führt. Unter dem Namen *Sotopòrtego* existiert diese Art der Unterführung nur in Venedig.

Ich bin ledig und habe eine Zwillingsschwester mit Namen Carolin Amarena. Diese wohnt in der Paradiesgasse *Calle del Paradiso,* die im Stadtteil des Heiligen Polo *Sestiere San Polo* liegt und vom Westufer auf den Großen Kanal *Canal Grande* trifft. Besuchen Sie meine Schwester einmal. Sie freut sich.

Es ist hier in der vorliegenden Berichter-
stattung meine Aufgabe, über die Kultur
und den Alltag der Bewohner des Dorsoduro zu dokumentieren, damit *Sie* –
wer immer *Sie* auch sind - den Stadtteil
entdecken und kennenlernen können.

Wahrlich, ich bin kein Freund der Politik
und der Politiker. Politiker sind in der
Regel durchgängig verhaltensgestört. Ich
ignoriere sie einfach. Das sollten *Sie* sich
merken.

Auf Politiker nehme ich keine Rücksicht.
Auf Politik schon gar keine. Ich bin ein
Pedant, der allem und jedem nach geht
und alles und jedes genau wissen will.
Das mag *Sie* befremden. Ist mir aber egal.
Berichten will ich wie folgt:

Lob der Beständigkeit

Der richtige Augenblick

Februar 1981. Es ist schon dunkel im Dorsoduro. Wegen der durch Mondschein, Kerzen und Fackeln ein wenig erhellten Nacht singt heute keine Nachtigall.

Im Dorsoduro ist der richtige Augenblick, ist Karneval, ein Nachtstück, Szenerie mit unwirklichen Inhalten.

Wann ist der richtige Augenblick? Der Dorsoduro ist der Stadtteil der *Kleinen Leute.*

Die Nicolòtti

Lorenzo Loredano

Der Vater der Zwillinge Pietro und Paolo, Lorenzo Loredano, geboren am 2. Oktober 1950, war Seemann. Er starb am 24.8.1980 auf einem Fischtrailer, kurz nach der Geburt der Zwillinge. Er fiel einfach tot um. Sekundentod.

Valentina Loredano

Die Mutter der Zwillinge, Valentina Loredano, geboren am 2.5.1955 im Dorsoduro, ist Fisch- und Blumenverkäuferin. Valentina kämpft sich als junge Witwe, alleinerziehend - so recht und schlecht - und mit Hilfe ihrer Eltern durch das Leben.

Fische

Seit ihrem elften Lebensjahr verkauft Valentina auf dem Hinteren Fischmarkt die Waren ihres Großvaters und später die ihres Vaters.

Amelia und Frederico degli Alberti

Amelia, geboren am 24. Dezember 1955, Hutmacherin am Squellini-Platz *Campo Squellini*, ist die Mutter von Giulia. Ihr Gatte, Frederico, geboren 21. Februar 1953, ist Schriftsteller. So nennt er sich selber.

Amelia degli Alberti, Mutter der Guilia

Die Nicolòtti

Alle, wie sie hier aufgeführt sind oder
noch werden, heißt man in Venedig *Die
Nicolòtti*, benannt nach dem mittelalter-
lichen Ortsteil St. Nikolaus und der Kirche des Heiligen Nikolaus von Mendicoli
San Nicolò dei Mendicoli.

Die Nicolòtti waren nie Bettler, und sie sind es auch heute nicht. Sie waren nie wirklich arm. Sie hatten immer genug, um leben zu können. Innerhalb der Bevölkerung Venedigs hatten sie eine besondere Stellung inne.

Die politische Oberschicht und der Adel schenkten den Fischern, Seeleuten und den Industriearbeitern des Stadtteils Dorsoduro wegen ihres Fleißes, ihres großen Organisationstalents und ihrer politischen Präsenz im regionalen Geschehen große Beachtung.

Die Nicolòtti

Paolo, Pietro, Giulia, Juliette und Tonio erblicken das Licht der Welt,

Pietro und Paolo Loredano

Am >10.08.1980< werden im Stadtteil Dorsoduro, am Platz der Heiligen Margarete *Campo Santa Margharita*, in der Gasse der Lagerhäuser *Calle del Magazin*, im Haus von Valentinas Tante Veronica, der Stadtteilhebamme, Valentinas Zwillinge Pietro sowie Paolo geboren.

Ein wenig zu früh für eine Gebärende, die eigentlich keine Kinder haben wollte.

Tonio Pandalfini

In der Gasse gegenüber, in der Bäckergasse *Calle del Forno*, kommt ebenfalls am >10. Februar 1980<, gegen 11 Uhr - wenig beachtet – der im Erwachsenenalter als Bösewicht auffällige Tonio auf die Welt.

Die Gebärende, Bianca Pandalfini, geboren am 10. August 1950, Tochter des Kultursenators Signore Probo, verliert bei der Geburt des Tonio ihr Leben.

Antonio Pandalfini

Tonios Vater Antonio Pandalfini, geboren am 11. Januar 1947, Magistrat in Venedig, spöttisch Pantalone genannt, begibt sich nach der Geburt des Tonio zur Brücke am Hafen der Barmherzigkeit *Sacca della Misericordia*, zum nördlichen Löschhafen für Handelsschiffe, dorthin, wo früher die Frauen und Mütter der Seeleute nach Eintreffen der Galeeren ihre zur See fahrenden Gatten, Väter und Söhne erwarteten.

Antonio Pandalfini, Tonios frisch gebak-
kener Vater, steht dort, um den Tag zu
verfluchen, an dem er Vater wurde.

Giulia degli Alberti

Und in einem Haus am Platz zum Berg
Karmel *Campo di Carmini* erblickt am
>10. August 1980<, gegen 6:00 Uhr,
Amelias und Fredericos Tochter Giulia
das Licht der Welt.

Amelia degli Alberti

Mutter Amelia: *Das Eigentliche kommt
spät und für manche, wegen deren Eile
oder Ungeduld, zu spät oder gar nicht. Die
Zeit? Wer bestimmt die Zeit? Valentinas
nervig krähender Hahn?*

Frederico degli Alberti

Nach Giulias Geburt stolziert ihr leiblicher Vater, Frederico, zur Madonna mit
den drei Bäumchen, *Madonna degli albe-*

retti, um für den guten Verlauf der Geburt seiner Tochter zu danken.

Eigentlich war dort, wohin er Dankesworte flüsterte, nur eine Kopie des Bildes der von Giovanni Bellini geschaffenen Madonna mit Kind und zwei Bäumchen, und eigentlich hatte er kein so inniges Verhältnis zu seiner Gattin Amelia und zu der neugeborenen Giulia, und eigentlich war er wenig religiös. Er war sich nicht sicher, ob er glücklich oder unglücklich sein sollte, und ob ihm ein glückliches und erfülltes Leben gegönnt sei.

Amelia degli Albertis Beziehung

Amelias und Federicos schwaches, dünnes Netz im kleinbürgerlichen Leben war für beide zu rissig, und ein starkes, grosses Netz für eine tragfähige Beziehung hing ihnen zu hoch.

Pietro und Paolo Loredano, Tonio Pandalfini, Giulia degli Alberti, Juliette LaRue

Alle am >10. August 1980< Neugeborenen bekommen von ihren Müttern in die Wiege gelegt, man solle Seiendes, Gewesenes und Gewordenes bewahren und Werdendes beschützen, und man solle sich gegenüber anderen Menschen immer so verhalten, dass man die Person, zu der man sich verhält, ohne Scham und Reue wiedersehen kann.

Irgendwo anders kommt Juliette auf die Welt

Weit weg von Venedig, in Paris, im 13. Arrondissement, in der Rue Pinel, in der Nähe des Boulevard Vincent Auriol, gebärt Sarah Kirschner, Studentin an der Sorbonne, am >10.08.1980< eine Tochter und gibt ihr den Namen Juliette.

Juliette LaRue, ein Geschenk

Der Vater von Juliette ist Prof. Dr. Pierre LaRue, Doktor-Vater der Studentin Sarah Kirschner. Sarah Kirschner macht ihrem 20 Jahre älteren Liebhaber und Doktor-

Vater Pierre LaRue die neugeborene Juliette kurzerhand zum Geschenk. Sie selber macht sich aus dem Staub - nach Montréal, Kanada.

Der vierzigjährige Junggeselle, Professor Pierre LaRue, übernimmt Juliette voller Stolz in seine Obhut.

Die hochbegabte Juliette LaRue

Juliette wächst in Folge bei ihrem Vater, Dr. Pierre LaRue, und bei dessen Haushälterin, Louanne, auf. Ab ihrer Einschulung wird sie von ihren Lehrern und der zuständigen Schulbehörde als hochbegabt und besonders förderungswürdig angesehen, gefördert und geführt. Ihr Vater hofft, sie werde einmal Chemie studieren. Juliette schließt im Alter von nicht ganz 20 Jahren ein Psychologie-Studium ab.

Ab ihrem sechzehnten Lebensjahr wird sich bei Juliette der Wunsch bzw. die Hoffnung fest machen, später in Venedig wohnen zu wollen. (Bei seinen Reisen nach Venedig – aus beruflichen Gründen - nahm Prof. Dr. Pierre LaRue seine Tochter häufig mit. Juliette fühlte sich immer wohl in der Region).

Arme sind arm, weil sie faul oder dumm oder beides sind

Von wegen Tonio Pandalfini

Von wegen Tonio Pandalfini, Sohn des Antonio Pandalfini: Man stelle sich vor, Tonio wurde als vermeintlich Allwissender geboren, als Gigant. Und nachdem er Rang und Würde als Handelsreisender erlangt hatte, nannten ihn seinesgleichen *Tonio der Niederträchtige.*

Dr. Tonio, so titelte er sich später, war ein schlechter Mensch, ein *Malvagìo* (venezianisch), sehr böse, übel, tückisch, ein Glühfaden in der Halb- und Unterwelt. So sagte man.

Als so genannter Handelsreisender war er bereits in seinem zweiundzwanzigsten Lebensjahr in Wirklichkeit Drogendealer in großem Stil und Eigentümer bzw. Betreiber von Nachtlokalen und Dirnenhäusern in Venedig, in Mestre und weiß Gott wo noch.

Er wurde so einer, für den es keine Regeln gibt. Tonio über sich und die anderen:

Umgang ohne Regeln ist Krieg. Ich führe Krieg. Die Welt will das so.

Er wurde so einer, dem man besser aus dem Weg geht, einer, um den man einen weiten Bogen machen sollte.

Kann man über einen Menschen das so sagen?

Sein Verstand, ein wunderbares Werkzeug, nutzte Tonio für die Blütenlese im Milieu und für Untaten.

Arme sind nach seiner Meinung arm, weil sie faul oder dumm oder beides oder zu wenig skrupellos sind.

Dottore Tonio kleidete sich schwarz. Er trug eine große, schwarz geränderte Brille, um den Eindruck zu erwecken, er sei ein großer Gelehrter. Er gab sich als Wissender. Er war ein Wichtigtuer, aber auch wichtig. Man musste ihn für einen Intellektuellen, und wenn man ihn nicht genug kannte, zugleich für einen Arzt, Juristen und Philosophen halten.

Man fürchtete ihn wegen seiner guten Beziehungen in der Welt, in der Schattenwelt und Unterwelt.

Tonio war gesellig, tanzlustig, Er lächelte gerne an. Man lächelte gerne zurück.

Eine seiner Grundaussagen:

Gutes Essen und gute Laune lassen einen uralt werden.

Tonios häufigste Bemerkung:

Wenn ich das nicht weiß, wer dann?

Seine häufigste Frage:

Wollen sie für mich arbeiten?

Seine Analyse der Welt:

Wer herrscht über die Welt? Jesus oder der Teufel? Der Teufel lebt da, wo es das Umfeld zulässt. Jesus kann sich nur um ein paar Versprengte aus dem Umfeld des Teufels kümmern. Er ist zu altruistisch.

Seine Analyse des Weiblichen und des weiblichen Körpers:

Mit Geld kommt das Beste an den Frauen zur Geltung, die Prostitution!

Seine Analyse der Gesellschaft:

Struktur ist, was Donatien Alphonse Fran-
cois de Sade in seinem sechszehnten Le-
bensjahr als Soldat im Siebenjährigen
Krieg durchlebt und erfahren und in der
Zelle, in der Bastille, in Paris als Straf-
gefangener niedergeschrieben und in sei-
nen Werken allen Menschen kundgetan
hat: Struktur ist Sadismus.

Tonio: *Moral birgt natürliche Risiken, ist*
anstößig und provoziert den Widerstand
der Bevölkerung. Also bleibt alles beim
Alten, wie es die meisten Menschen, der
Teufel und ich haben wollen.

Am Tag, da Pietro, Paolo, Tonio, Giulia
und Juliette geboren wurden, am >10.
August 1980<, tat sich vieles in der Welt.
Es lohnt sich jedoch kaum, davon zu
sprechen.

Die Frau

Tag des Pantalone

Tag des Antonio Pandalfini alias Pantalone, 5. Februar 2008

Der 5. Februar 2008 ist 7465 Tage nach der Geburt von Pietro, Paolo, Tonio, Giulia und Juliette, ein Dienstag, der Karneval-Dienstag, der Tag der Weisheit und edler Verdienste, Tag des milden Nachthimmels, Tag des Anscheins von Glück, Tag der Leichtgläubigkeit, der Käuflichkeit, der Naivität und der Vergnügungssucht, der Lüsternheit und des jugendlichen Gehabes alter Männer und insbesondere der Tag des Magistrats Antonio Pandalfini, des Vaters von Tonio Pandalfini, der Tag des *Pantalone*.

Weshalb so ein Sprung nach vorne, auf den 5. Februar 2008?

7465 Tage sind übers Land. Man stelle sich das vor. 7465 Tage Licht und Dunkel. Was ist die Zeit?

Glücksgöttin Fortuna

Am 5. Februar 2008, gegen 17 Uhr:

Starr steht Antonio Pandalfini an der schmalen Dreiecksspitze *Punta della Dogana*, wo sich der Große Kanal *Canal Grande* und der Giudecca-Kanal *Canale Giudecca* teilen. Er gastiert unter der Glücksgöttin Fortuna, die über der goldenen Weltkugel, der *Punta della Dogana*, schwebt.

Angespannt steht er auf dem Platz an der Meereszollstation, bei der Kirche der Heiligen Maria für die Gesundheit *Santa Maria della Salute.*

Im Innersten verflucht Antonio sein unberechenbares Glück und Unglück.

Er, Antonio Pandalfini, Vater des Tonio, ist Pantalone, mit schwarzer Kappe, weitem, rotem Umhang, Maske mit großer Nase und Spitzbart. An der Seite trägt er einen mit Wolle ausgestopften Beutel für Geld, das er nicht hat.

Antonio Pandalfini, oft Pantalone genannt

Da steht er! Von seiner dritten Gattin, Edeldame Caprifoglio, verstoßen. Zu wild hat er es nach dem Tod der Bianca, Mutter des Tonio, mit anderen Frauen getrieben.

Unter der Glücksgöttin Fortuna

Hier, am Hafen zum Meer, an der Anlegestelle für Flöße *Fondamento delle Zattere,* bei der Kirche der Heiligen Mutter Gottes der Flößer, legten einst schwer beladene Handelsgaleeren mit Gütern aus aller Welt, mit Getreide, Salz, Gewürzen an.

Am Südufer des Stadtteils Dorsoduro, auf dem 1,7 km langen, befestigten Fundament, stehen noch immer einige der Mühlen und Lagerhallen für wertvolle Güter.

Antonio, alias Pantalone, steht da, wie das Portrait eines melancholischen, in Gedanken verlorenen, haltlosen Adeligen, mit bewusst negativer Sichtweise zu allen Dingen und Handlungen dieser Welt.

Ein Eitler, ein Geck, der sofort feige verschwindet, wenn es für ihn, aus welchen Gründen auch immer, brenzlig wird.

Das Fest kann beginnen

Auf dem Platz der Heiligen Margarete

Der Platz der Heiligen Margarete ist der größte im Dorsoduro.

Er vermittelt einem Fremden die Atmosphäre einer italienischen Kleinstadt. So sagt man in Venedig.

(Der Hauptplatz des Bezirks Dorsoduro, der Margaretenplatz *Campo Santa Margherita*, bietet zum einen eine Mischung von volkstümlichem Platz mit Fisch- und Obstmarkt, Weinausschank und einem geradezu dörflich anmutenden Alltagsleben, zum anderen eine Begegnungsstätte für die Jugend- und Studentenszene. Hier wird zwischen dem Platz des Heiligen Pantalon *Campo San Pantalon* und dem Kanal des Heiligen Barnabas *Rio di San Barnaba* in Bars, Pubs und Kleinkunstbühnen die Nacht zum Tag macht.

Die Kirche Santa Maria del Carmine des Karmeliterordens bildet mit der zugehörigen, von Giambattista Tiepolo ausgeschmückten Hohen Schule der Frömmigkeit und der Liebe *Scuola Grande dei Carmini* den faszinierenden Abschluss des Campo).

Pietro Loredano, Zwillingsbruder des Paolo, Sohn der Valentina, verbindet eine besondere, irrationale Liebe zu diesem mysteriösen Platz, wegen des Lichtes von außen, des Lichtes von oben und des Lichtes von innen.

Pietro: *Jede Sekunde ist anders an diesem Platz. Beständig ist nur das Nachthim-*

melslicht, das schwache Hell bei wolken-
losem Himmelshintergrund, wahrschein-
lich durch Sterne und die feuchte Luft Ve-
nedigs verursacht. Man kann es einfach
nicht erklären. Man muss es erlebt haben.

Pietro und Paolo sind – wie gesagt – Zwillinge, geboren in Venedig, aufgewachsen
im Stadtteil Dorsoduro. Sie sind sieben-
undzwanzig Jahre alt und am 10. August
1980 geboren.

Pietro und Paolo

Pietro Loredano: *Ich bin aufgeregt!*

Pietro wiederholt sich: *Ich bin ange-spannt bis zu den Füßen. Ich spüre auf-treibende Wärme am ganzen Leib. Das Fest kann beginnen!*

Lob der Narrheit

Hell und dunkel

Nacht des Karnevaldienstags. Pietro be-trachtet die bodennahen, glitzernden Abwasserläufe vor den Häusern: *Hell und dunkel. Symbolik für Überraschungen und*

Unwägbarkeiten im Leben eines jeden Menschen.

Juliette LaRue, Pietro Loredanos Freundin, stellt eine Frage an Pietro:

Spielt Arm und Reich im Karneval von Ve-

nedig eine große Rolle?

Valentina Loredano, die Mutter von Pietro, antwortet an Pietros Stelle: *Masken sind dazu da, Menschen zu verstecken. Zu Fuß gehende Maskenträger schlüpfen prosaisch in die Rolle eines anderen, um den sozialen und materiellen Unterschied zwischen Menschen zu vertuschen oder aufzuheben.*

Valentina Loredano

Valentina Loredano ist fürsorgende Mutter von Pietro und Paolo. Seit ein paar Jahren ist sie Blumenverkäuferin *Fioraia* in der Blumengasse *Calle delle Fiore*. Blumenverkäuferin ist ein angesehener Beruf im grünarmen Venedig.

Abgesehen von einem kurzen Aufenthalt in Neapel hielt Valentina Loredano dem Wohnort Dorsoduro die Treue. Hier ist sie aufgewachsen. Hier lebt sie. Und hier schlägt ihr Herz.

Pietro, in Gedanken versunken:

Lob der Narrheit! Sie unterscheidet nicht zwischen Überlebensunterhalt, Lebensunterhalt und dem Standard des einen oder dem des anderen Menschen. Es geht um Rollen, Funktionen, Seitenwechsel, und nicht um Zustände oder Bestandsaufnahmen.

Lob der Schinderei
Strategie mit Masken

Valentina Loredano

Wer glücklich sein will, muss zuhause bleiben, war ab 1797 das Motto der Venezianer

Die Bewohner von Venedig reagierten mit dieser Strategie auf das absolutistische Getue des Schwerenöters Napoleon I. und ließen sich den Aufenthalt auf der Elendsbrücke *Ponte Misericordia*, zwischen dem Gehsteig der alten und

dem Gehsteig der neuen Zeit, nicht ver-
bieten.

Die Venezianer wussten ihre bittere Zukunft sicher einzuschätzen, trotz der
durch die Besatzungsmacht Frankreich
bewirkten Verunsicherung, Boshaftigkeit,
Zwietracht und trotz des Hasses gegen
die Franzosen.

Napoleon I., der humorlose, lieblose sowie leblose Franzosenkönig, der, was die
gesellschaftlichen Angelegenheiten an-
ging, keinen Spaß verstand, verbot alles
Versteckte, Bedrohliche, Fremdartige,
Unerklärliche und das Zusammensein der
Venezianer in gemütlicher Runde.

Die schwarze Maske Baùta

Künftighin gehörte – als Antwort auf Na-
poleons despotische Fratze, die schwarze
Maske, die *Baùta*, zum Straßenbild in
Venedig.

Eine abschreckend wirkende Halbmaske mit glatter Oberfläche und einem herausragenden Kinn.

Mit dieser und rotem oder schwarzem Umhang gingen die Venezianer durch die Gassen und zu den geheimen Treffen und Festen in den zentralen Palästen der Stadt.

Die Venezianer lernten Schmähungen und Verfolgungen zu erdulden oder zu umgehen.

Bescheidenheit war nicht unbedingt die herausragende Tugend der Venezianer. Zumindest nicht ab dem erahnten Untergang der Republik Venedig.

Auf der einen Seite kämpften die Truppen Venedigs gegen die Türken, auf der gegenüber liegenden Seite kämpfte man gegen die Franzosen.

Im Jahr 1797 ergab man sich dem napo-
leonischen Heer, ziemlich erschöpft und
des Kampfes müde.

Napoleon konnte als *Hauptdarsteller* der
Tragödie den Applaus der mit Grimm
dreinschauenden Bewohner Venedigs
entgegen nehmen.

Der blutgetränkte Vorhang des den Vene-
zianern verhassten Kriegstheaters senkte
sich. Der Bürger stand voller Genugtuung
vor den überdimensionalen, wuchtigen
Grabmahlen der Dogen Bertucci und Sil-
vestro Valier in der Johannes- und Pauls-
kirche.

Schluss-Applaus und Befriedigung sowie
Anzüglichkeiten über die Franzosen.

Man lebt in Beziehung und Oppression

Die Wirklichkeit vergessen?

Wie jeder Mensch in aller Welt versucht der Venezianer die Wirklichkeit zu vergessen. Niemand lebt wirklich in der Wirklichkeit. Jeder versucht sie zu vergessen oder sich über sie hinwegzusetzen, um seinem Untergang, der ja zwangsläufig für alle Menschen gewiss ist, zu entgehen oder ihn hinauszuschieben. Man lebt in Beziehung – und das ist schlimm genug.

Man existiert in Beziehungen, sowohl in erzwungenen, als auch in solchen aus Arbeitseifer, Sympathie, Neigung, Zuneigung und reiner Liebe.

Beziehungen sind Zusammenballungen aus der Gesamtheit aller Gefühlsregungen und aus geistigen Vorgängen, aus Gefühlen der Bedrängnis und Beklemmung, der Bedrücktheit, Unterdrückung, Zwingherrschaft und Schinderei, kurzum der Oppression.

Oh, Mensch, *homo intelligibilis*, verständiger und begreifender Mensch! Gegen die Regeln des Zwiegesprächs dürfen nur die Einfältigen und Mächtigen im Volk verstoßen. Einfältige und Mächtige, denen erhabene Gefühle nicht zugänglich sind, erfahren Freude beim Anblick von Kummer und Sorgen.

Lob der Wohlhabenheit

Aus dem Vollen leben

Der Handel der Venezianer mit der arabi-
schen, islamischen und der vorderasia-
tischen Welt brachte wunderbare Dinge
hervor. Er erfüllte Hoffnungen auf Besitz,
Reichtum, Wohlhabenheit, Karriere und
Macht.

Die Venezianer lebten auch dann noch
aus dem Vollen, als ihre Handelsgaleere,
die Dicke Berta *Galera grosso*, wie sie
genannt wurde, im großen Kanal von
Venedig ausblieb.

Die Venezianer lebten noch viele Jahre in der besten aller Welten, in Seidenstoffen, in Gold und Blumenbrokat, mit viel Geld, mit dem Ertrag und dem Ersparten aus kapitalmarktorientierten sowie realen Währungsgeschäften, aus dem Handel mit nicht spekulativen, echten Waren, aus lukrativen Ergebnissen des Tausches und aus den staatlichen Geldmaschinen.

Lob des Geldes

Mit Geld kann man alles machen

Venedig hat der Welt gezeigt, dass man mit Geld alles machen kann. Mit Geld kommen Ruhe und Frieden, Anschein der Freiheit, scheinbare Autonomie, politisch gewollte Entmündigung, Datenklau, das Glücksspiel, die Ablenkung und die amouröse Vergnügung. Wer wollte das alles nicht?

Mit Geld, sagt Tonio, *kommt das Beste an den Frauen zur Geltung, die Prostitution.*

Mit Geld kommt der Zauber der Welt von oben, die Trüffel als Beigeschmack, das Salz als Medizin, kommen Sicherheit als Ergötzen, Prominentenrabatt, Schnäppchen-Wunder, das Streben der Ministerialen und der Emporkömmlinge nach Höherem, *ex officio mixto manum.*

Mit Geld kommen Einflussnahmen und Werkzeuge der Technologien.

Mit viel Geld kommen die Verkettungen des Menschen in der Zusammenarbeit von Administration, Politik, Justiz, Wirtschaft, Finanzwirtschaft und die Verstrickung in Korruption. Es tut sich was im Kochtopf *bollire in pentola un negozio* (venezianisch).

Geld schafft Autoritäten und bringt den Autori-Täter hervor, der in absolutistischer Manier und in krankhaft übersteigertem Eifer versucht, bei den vermeintlich Dummen im Volk uneingeschränkte Macht auszuüben, um von deren Schwäche in fast jeder Hinsicht zu profitieren.

Geld steigert die Lebensbeobachtungsfeldzüge schnabelfechtender Verhaltens- und Kommunikationswissenschaftler, Soziologen, Psychologen, Mediziner, Werbefachleute und anderer Bedrängungswissenschaftler.

Das Geld befördert den >Fantasiewissenschaftlich-utopischen Furz< *peto fantascientifico* (venezianisch).

Geld schickt Wörterhändler *venditores verborum*, Kapitäne der Manipulation und deren Kunst der Navigation in

Psychomachination, *omo drezza, avviato sulla buon via* (venezianisch), zu Hilfe und Rat, was für den Menschen gut sei.

Die Geld-Habichte, Versicherungsgockel und Immobilien-Wachteln versprechen um des Geldes willen aktuelle oder scheinbar aktuelle Ungereimtheiten zu reimen, Sachlagen zu klären und Bedürfnisse auf den richtigen Weg zu bringen, und wo gewünscht, in die Illegalität zu führen.

Welche Qualen hast du im Umgang mit Geld als besonders heilsam empfunden?

Warum bist du ohne Geld zu ewiger Qual verurteil?

Wozu bist du, Geld, hergekommen in unsere Welt? Welche Pein ist in der Welt des Geldes die schrecklichste?

(Text aus den Ritualen bei Verhören der katholischen Inquisition: Nix, nox, vox, lachrymae, sulpur, sites, aestus. Malleus et stribor. Spes perdita, vincula, vermes.)

Mit Geld kann man vieles verhindern

Mit Geld kam im Jahr 1348 die Pest-Epidemie nach Venedig. So verkündet ein schöner, bronzener Brunnenkopf hinter der massiven Kirche des Engels Raffael am Engelsplatz im Dorsoduro.

Mit Geld kam der dramatische Kampf des Erzengels Michael mit dem Teufel. Und obwohl Erzengel Michael bei den meisten Menschen in Vergessenheit geraten ist, dauert dieser Kampf auch heute noch an.

Mit Geld gibt es Kriege schlechthin, und gibt es düstere Orte sowie die kirchlich garantierte Gewinnausschüttung bei *Jesus Christus GmbH* aus Beteiligungen am Himmel für ein Leben im Jenseits. Mit Geld gibt es den Bewährungsaufschub bei der göttlichen Justiz.

Ohne Geld keine Erlösungskäufe

Wohlstand erlaubt offizielle, staatlich genehmigte Ausschweifungen des einfachen Volkes.

Geld initiiert Kult- und Wallfahrtsstätten für die Betreiber der Mafia.

Richter Cristoforo Melma

Erstes Treffen an einem geheimen Ort

Es ist Allerheiligen, der 1. November im Jahr 2005. Tonio aus dem Dorsoduro ist

25 Jahre alt. Es findet ein erstes Treffen an einem geheimen Ort in Mestre statt.

Der Richter Cristoforo Melma zu Tonio Pandalfini: *Tonio Pandalfini, Sohn des Antonio und der Bianca Pandalfini (Gott hab´ sie selig!), du hast es weit gebracht in deinen jungen Jahren. Wenn das nur kein Sargnagel wird. Immerhin ermittelt man gegen dich wegen Steuerhinterziehung, Drogenhandel, Geldwäsche und Prostitution. Das sage ich dir vertraulich und ohne Wissen anderer. Die Staatsanwältin Dellanotte berichtete mir davon.*

Tonio Pandalfini zu Richter Cristoforo Melma:

Meine Geschäfte laufen nicht mehr so wie erhofft. Es wird finanzielle Einbrüche geben. Ich werde einen Teil meiner Immobilien verkaufen müssen und Erträge und andere Gelder möglichst bar ins Ausland verfrachten, um dort Sachwerte zu kaufen. Wenig ertragreiche Häuser werde ich wohl schließen müssen.

Richter Cristoforo Melma: *Meinst du die Bordelle in den Städten der Umgebung bis Verona?*

Tonio Pandalfini: *Diese wohl auch. Herr Enrico Slavo, mein Geldeintreiber, ist jetzt 61 Jahre alt. Nur seine 30 Jahre jüngere Frau hält ihn noch jung. Trotzdem klappt es nicht mehr so mit dem Geldeintreiben. Die Huren sind intelligenter geworden.*

Richter Cristoforo Melma: *Sind die geheimen Zuwendungen an mich, sagen wir einfach, die Schmiergelder, gesichert? Kannst du mich weiterhin bezahlen? Du weist, meine Gattin, Dame aus gutem Haus, bereitet mir mit ihren unverhältnismäßigen Ausgaben ein Desaster nach dem anderen. Und am Großen Kanal zu residieren ist auch nicht billig.*

Tonio: *Selbstverständlich, Herr Richter Cristoforo Melma, erhalten sie regelmäßig ihren Anteil. Das ist Ehrensache.*

Richter Cristoforo Melma gilt unter seinesgleichen als überheblich und im Ge-
schäftsgebaren als wenig gründlich bzw.
wenig zuverlässig für gerechte Urteile.
Dass er in Geschäfte mit Tonio verwickelt
ist und aus diesen nicht mehr heraus
kann, ahnt niemand.

Salz der Erde

Die Welt weiter unten

Salz der Erde? Wo herrscht Gerechtigkeit? In der Welt unten? Im Mut derer,
die nichts zu verlieren haben?
o

In der Welt derjenigen, die man auffordert, zu tolerieren? In der Welt derjenigen, von denen man erwartet, dass sie in ihrer Wut niemandem Schaden zufügen, niemanden töten. *Se non muolo di rabbia, se non iscoppio di rabbia?* (venezianisch).

Salz der Erde? Wo herrscht Gerechtigkeit? In der Welt ganz unten? Im Mut derer, die in ihrer einsamen, ärmlichen Behausung *Casòn – casa povera o contadinesca* ausharren, mit erbaulichen Wegweisungen der Kirche, die diese ihnen zwingend als unverbrüchliche, immerwährende, für allemal gültige Ordnung und Wahrheit auferlegt *constituo rem publicam.*

Wo ist Licht? Wo ist Friede? Bei Opfern der Skrupellosigkeit, Heuchelei, bei Opfern des Schenkelklopfens, bei Opfern der Arroganz, Besserwisserei und der Willkür?

Wie viele sind um ihre spirituellen und materiellen Früchte beraubt, auf dem Weg nach Luca, zur Kirche der Madonna von Polsi *Chiesa della Madonna dei Polsi,* Treffpunkt und Zuflucht der Verlierer, der Geschädigten und Schädiger, der Altruisten, der Mörder, Diebe und anderer Übeltäter.

Richter Cristoforo Melma

Zweites Treffen an einem geheimen Ort

Geheimes Treffen in Mestre. Richter Cristoforo Melma ist sichtlich nervös und auf dem Sprung.

Richter Cristoforo Melma zu Tonio Pandalfini: *Mein Fahrer wartet unten. Ich muss schnell wieder weg. Habe Termine!*

Tonio Pandalfini: *Gibt es etwas Besonderes?*

Richter Cristoforo Melma: *Tonio, Sohn des Antonio, sei klug und traue niemandem.*

Man hat Wanzen in deinen PKW eingebaut, während dieser am Großen Platz zu Rom Piazzale Roma abgestellt war. Auch in deinem Haus im Dorsoduro sollen Abhörgeräte installiert sein. Deine Steuerschuld schätzt man auf 10 Millionen. Mache dir mal an einem ruhigen Tag Gedanken, wie wir die Situation entschärfen können. Das rate ich dir dringend als dein Freund und in unser beider Interesse.

Richter Cristoforo Melma verabschiedet sich nur flüchtig.

Welt von außen

Licht von außen

Licht von außen? Wo ist Licht? Wo ist Friede? Bei denen, welche weder hier noch dort sein können? Bei den Vertriebenen und Flüchtlingen, bei den Verfolgten, Gejagten, bei den Grüblern?

Der Mensch ist sich selbst ein Gefängnis, in dem eingesperrt ist, wovon er nichts weiß und wovon wir nichts wissen wollen.

Wo ist Licht, wo ist Friede? Bei denjenigen, die Lämmerdienste leisten, bei Überanpassungskünstlern,

bei denjenigen, die mit schwachem Motivationsgerüst zu den Autoritätsgläubigen und zu den Schwarmfischen sich zählen müssen?

Wo ist Licht? Wo ist Friede? Bei den Liebenden, die um der Liebe willen nicht einmal Gott sein wollen?

Verspotte oder necke oder habe jemanden zum Besten oder beschwatze jemanden, jedoch nicht einen Liebenden *Dar la Berta o dar la burla o la Baia o la Ciancia* (venezianisch).

Enrico Slavo

Drittes Treffen an einem geheimen Ort

Es ist Donnerstag, der 10.08.2006. Tonio Pandalfinis Geburtstag. Tonio ist 26 Jahre alt.

Tonio lässt seinen Verwalter und Geldeintreiber, Enrico Slavo, kommen.

Tonio: *Slavo, treue Seele, wie lange bist du schon bei mir?*

Enrico Slavo: *Sieben Jahre, Tonio. Eigentlich schon länger. Ich kenne dich schon seit du als Biancas Kind auf die Welt kamst. Und ich kannte deine verstorbene Mutter, Bianca. Um es genau zu sagen, ich kannte sie sehr gut. Ich habe sie geliebt. Aber sie entschloss sich für Antonio, den Magistrat. Ich war ihr zu klein, im übertragenen Sinn zu klein. Ich war ja nur Hausmeister bei Herrn Serio. Was hatte ich für eine Wahl?*

Tonio Pandalfini: *Mal ganz ehrlich. Es brennt mir schon lange auf den Lippen. Deine Ohren! Deine Ohren sind wie die meinen. Es lässt mich einfach nicht los. Bin ich dein leiblicher Sohn? Bist in Wirklichkeit du mein Vater?*

Enrico Slavo erschreckt.

Nach einer langen Pause. *Ja, Tonio, ich bin dein Vater, der wirkliche Vater.*

Nach einer weiteren Pause. Enrico Slavo: *Das weiß hier niemand. Manchmal glaubte ich, Antonio weiß das. Aber ich bin sicher, er weiß es nicht.*

Tonio Pandalfini: *Das überrascht mich nicht. Du warst immer für mich da und bist es noch. Das ist kein normales Arbeitsverhältnis.*

Enrico Slavo: *Jetzt ist es raus. Ich werde immer für dich da sein.*

Tonio Pandalfini: *Wirst du auch weiterhin die Gelder in den Häusern eintreiben und die Strichlisten führen wollen?*

Kannst du die frei werdenden Vermögenswerte illegal ins Ausland bringen? Oder soll ich in Anbetracht des Wissens von uns einen anderen Verwalter suchen gehen?

Enrico Slavo: *Nein Tonio. Es gibt keinen zuverlässigeren Verwalter als mich!*

Welt von innen

Licht von innen

Licht von innen? Wo ist Licht von innen? Bei den armen Elenden *meschini,* die Ratten und Rattenflöhe aushalten müssen, keine Speisen serviert bekommen; hinter deren Masken alles möglich ist?

Der Narr muss nichts und kann alles

Valentina Pandalfini, die Mutter von Pietro und Paolo: *Tourismus ist das einzige*

Kapital, das dem morbiden Venedig noch bleibt. Hier in Venedig steigt ein Narr nicht aus einer Nobelkarosse, um zu brillieren.

Nur weil ein Narr Astrologe zu sein vorgibt, muss er keine Geschichten vom Schicksal einzelner Menschen erfinden, keine Wahrsagungen aus den Sternen lesen.

Der Narr, der ein Lakai sein will, verpflichtet sich nicht, einer Herrschaft zu dienen.

Trägt ein Narr die am häufigsten getragene Maske, die Baùte, widerfährt ihm nicht zwingend Ansehen und Ehrerbietung.

Die Tiermaske bewirkt keine Ängste, außer vielleicht bei Kleinkindern. Nur Theater- und Sprechmasken stehen für Erwartungen. Diese zu erfüllen, ist der Narr jedoch nicht verpflichtet.

Die Begierde-Maske, die Morètta, einst, in der zweiten Hälfte des 18. Jahrhunderts, von den höher gestellten Damen ständig getragene und heutzutage von den Venezianerinnen häufig und gerne getragene Maske, erweckt keine Begierden.

Masken verwundern in Venedig nicht. Sie halten den Betrachter für einen kurzen Augenblick gefangen. Danach verflüchtigt sich der Eindruck.

Masken und Fratzen

Juliette LaRue, die Freundin von Pietro Pandalfino:

Eine müde, dickfleischige, tiefwurzelige Runkel-Rüben-Nase, wie die meines leidig schauenden Großvaters Jul, könnte schon überraschen und verwundern.

Pietro Pandalfini, Freund der Juliette La-Rue: *Du darfst Masken keinesfalls mit Fratzen gleichsetzen. Eine Fratze kann Grimassen schneiden, kann ein verzerrtes, verunstaltetes oder hässliches und mög-licherweise furchteinflößendes Gesicht sein. Die Maske zeigt eine starre, die Fratze eine bewegte Mimik.*

Ein >Freches Bürschlein< nennt meine Mutter Valentina einen Fratzen- oder Pos-senreißer. Die Fratze ist ein Gebärden-spiel, bei dem die eigenen Gebärden in die Gebärden der anderen hineinwirken.

Oft ist die Fratze Gedeck, bei dem der ge-ladene Gast wegen gallertartiger Auf-bereitung der Speisen in Bedrängnis kommt. Man bekommt ein Gesicht ser-viert.

Bewegte Gesichtszüge verraten Gesin-nung. Sie können gespenstisch und ein Gifthauch sein. Eine Fratze kann wech-selnd grimmig, grinsend, grob, leidig, kotig sein.

Paolo schweigt beharrlich

Juliette LaRue zu Paolo Pandalfini, dem Zwillingsbruder des Pietro, der neben ihr steht, fragt: *Paolo, was sagst du dazu?*

Paolo schweigt beharrlich.

Richter Cristoforo Melma

Viertes Treffen an einem geheimen Ort

Freitag, 10. August 2007. Tonio Pandalfini ist 27 Jahre alt. Richter Cristoforo Melma bittet am Telefon um ein dringliches Gespräch, das keinen Aufschub dulde.

Richter Cristoforo Melma: *Tonio, Sohn des Antonio, es wird heiß für dich und mich. Man wird gegen dich Anklage erheben, wegen Steuerhinterziehung in Tateinheit mit Geldwäsche und weiß der Teufel was noch alles. Wir müssen über einen Ausweg*

nachdenken.

Tonio Pandalfini zu Richter Cristoforo Melma: *Der wäre?*

Richter Cristoforo Melma: *Ich habe mir einige Gedanken gemacht. Wir brauchen jemanden, der mit deinen Geschäften vertraut ist, aber zugleich doch nicht so vertraut ist, dass er uns schaden könnte. Wir brauchen einen Schuldigen.*

Tonio zu Richter Melma: *Ein Bauernopfer? Ich weiß keinen Schuldigen, der an meiner Stelle ins Gefängnis gehen würde.*

Richter Cristoforo Melma: *Du hast doch Enrico Slavo. Er ist dumm genug, für dich geradezustehen, wenn wir es nur geschickt einfädeln.*

Tonio Pandalfini: *Enrico Slavo ist mein Verwalter, mein Geldeintreiber. Ohne ihn läuft nichts. Wie sollte ich auf ihn verzichten können?*

Richter Cristoforo Melma: *Eben deshalb. Durch seine Hände gehen alle deine Gelder von den Bordellen, aus dem Drogenhandel und für die Geldwäsche usw...*

Tonio Pandalfini: *Das stimmt natürlich. Aber die gehören mir, die Gelder. Sein bisschen Lohn macht mich nicht schmäler.*

Richter Cristoforo Melma: *Eben deshalb. Er könnte doch die Gelder unterschlagen oder veruntreut oder beiseite geschafft haben. Er könnte die ihm aufgetragenen Aufträge vermasselt und was dir gehört größtenteils beiseite geschafft haben. In seinem Alter hat er sowieso nur noch wenige Jahre.*

Tonio Pandalfini, fast schon bereit, Richter Cristoforo Melma sein Verwandtschaftsverhältnis zu Enrico Slavo zu offenbaren, sackt ein.

Plötzlich wird Tonio Pandalfini klar, in welcher ausweglosen Situation er und Richter Cristoforo Melma sind.

Tonio Pandalfini: *Enrico Slavo hat eine 32 Jahre jüngere Gattin und ein siebenjähriges Kind, das er liebt.*

Richter Cristoforo Melma: *Eben deshalb. Wir müssen Opfer bringen. Wir haben keine andere Wahl.*

Tonio stöhnt: *Bei Gott! Guter Gott! Wen opfere ich da?*

Richter Melma: *Ich habe mir das so ausgedacht: Ich nehme den Prozess an mich und lenke die Verdächtigungen auf Enrico Slavo, deinen Verwalter. Mit der Staatsanwältin Dellanotte dürfte zu reden sein. Sie ist noch jung und will um jeden Preis Karriere machen. Das würde – liefe es anders als von mir gesteuert - ein spektakulärer Prozess, der sich lange hinzieht, das kannst du glauben, Tonio.*

Tonio Pandalfini: *Davon bin ich überzeugt.*

Richter Cristoforo Melma: *Du musst Enrico Slavo den dubiosen Tuschel-Anwalt Signore Alfonso Tenèbre zur Seite stellen. Mit dem kann ich Details hinter verschlossenen Türen regeln. Er ist korrupt und korrumpiert.*

Tonio: *Alfonso Tenèbre? Der ist doch völlig unfähig. Der weiß doch gar nicht, wovon er redet, wenn er den Mund auf macht und vor Gericht plädiert.*

Richter Cristoforo Melma:

Eben deshalb! Tonio, es geht auf Spitz und Knopf. Mache Enrico Slavo gefügig. Gib ihm ein paar Tage Urlaub. Erhöhe sein Gehalt. Mache ihn zum Geschäftsführer oder sowas. Mache seiner Gattin Geschenke.

Spüren, erfahren, begreifen.
Giulia, Tochter der
Amelia degli Alberti

Berühren

Giulia degli Alberti, die Tochter der Amelia, der Hutmacherin, zu ihrer Freundin, zu Juliette LaRue:

Es ist leichter, Armut zu begreifen, als einen Armen im Dunkeln zu berühren!

Juliette LaRue zu Giulia degli Alberti, ihrer Freundin: *Du meinst ertasten, einen Armen, Elendiglichen zu ertasten?*

Giulia degli Alberti: *Ob ergreifen, erspüren, erfahren, ertasten. Was soll´s!*

Juliette LaRue ist 28 Jahre alt, Französin aus dem 13. Arrondissement in Paris, Psychologin und seit 11 Monaten die Lebensgefährtin von Pietro Lordano, dem Sohn der Valentina Lordano.

Juliette LaRue zu Giulia degli Alberti: *Ist dir klar, Giulia, dass unsere Tastorgane Mund, Zunge, Haut und Hände sind? Willst du mit der Zunge einen Armen ertasten? Willst du mit der Nase aus einer Gruppe von Menschen herausriechen, wie arm er ist?*

Giulia degli Alberti: *Ja, schon! Wenn ich jemanden berühre, empfinde ich etwas, egal, was ich berühre. Ich erfahre etwas. Das ist meine subjektive Berührungs- und Tasterfahrung.*

Zum Beispiel erfahre ich einen Händedruck, wärmendes Feuer, kalten Stein, einen feuchten Kuss, Schmerz oder wie ein

*Gegenstand oder Mensch in einem Raum
steht oder geht oder liegt. Ist das nicht so?*

Giulia degli Alberti

Juliette LaRue fordert den neben ihr stehenden Paolo, Zwillingsbruder von Pietro
Loredano, auf: *Paolo, sag´ du dazu mal
etwas. Wie siehst du das?*

Paolo schweigt beharrlich.

Straf-Anwalt Alfonso Tenèbre
Hauptverhandlung vor Gericht

Montag, Januar 2008. Tonio Pandalfini ist nicht einmal als Zeuge geladen. Niemand ist als Zeuge geladen. Anwalt Alfonso Tenèbre hat seine Robe zuhause vergessen. Er bittet den Gerichtsdiener, ihm eine Ersatzrobe auszuleihen. Signore Alfonso Tenèbres Prozess-Akten, bestehend aus drei prallvollen Ordnern, sind nur mit leeren Blättern angefüllt. Doch weiß er den Namen und den Beruf des Angeklagten: Enrico Slavo, Geschäftsführer.

Lohnt es sich, die Beweisaufnahme und das Urteil auszudeuten? Nein!

Was Signore Alfonso Tenèbre wirklich kann, ist mitspielen und für häufige Unterbrechungen der Verhandlung zu sorgen, damit abgesprochen werden kann, was Sache ist oder sein soll.

Nach einem dieser Tuschel-Meetings mit Richter und Staatsanwalt, kommt Alfonso Tenèbre auf Enrico Slavo, der innerlich aufgewühlt im Gang vor dem Gerichtssaal auf und ab geht, zu und sagt:

Signore Enrico Slavo, es steht schlimm. Der Richter will sie auf der Stelle einsperren lassen, wenn sie die Taten, die ihnen zur Last gelegt werden, nicht sofort zugeben.

Enrico Slavo: *Dann soll ich also lügen? Will das der Richter so? Ich denke, am Gericht geht es um die Wahrheit?*

Anwalt Alfonso Tenèbre: *An keinem Gericht geht es wirklich um die Wahrheit. So ist es. Lügen sie. Sie haben keine andere Wahl!*

Enrico Slavo, leiblicher Vater des Tonio Pandalfini, Geschäftsführer, wird plötzlich bewusst, dass er sich für seinen Sohn opfern muss, koste es, was es wolle.

Alfonso Tenèbre: *So ist es. Ich werde Richter Cristoforo Melma in diesem Sinne berichten.*

Enrico Slavo: *Machen sie, was sie wollen, wenn sie nicht anders können, Anwalt Tenèbre.*

Alfonso Tenèbre: *Was springt schon heraus für sie? Ein paar Jahre Gefängnis. Man wird sich Mühe geben, einen Arzt zu finden, der sie für haftunfähig erklärt, und ein einschlägiges Gutachten zu ihren Gunsten wird erstellt werden. Machen sie sich keine Sorgen.*

Paolo Loredano, dem Schweigsamen, entgeht nichts

Die Antwort ist bezahlt

Pietro reagiert auf Paolos Schweigen häufig schnippisch.

Pietro Loredano, zu Juliette LaRue hin gewandt: *Paolos Antwort auf eine Frage ist schon im Voraus bezahlt réponse payée, ist ein RP-Telegramm. Strenge dich nicht an. Er spricht nur, wenn es sein muss.*

Juliette umarmt Paolo spontan. Paolo lächelt aufmerksam.

Juliette ist im Gegensatz zu Pietro der Meinung, dass Paolos beharrliche Sprachlosigkeit in der Kindheit, sowie seine Wortkargheit im Erwachsenenalter nicht durch einen organischen Defekt gegeben sei. Sie tippt diagnostisch auf:

Extrem entwickelte, übersteigerte taktile und kinästhetische Wahrnehmung.

Juliette LaRue zu Pietro Loredano (nicht im Beisein Paolos): *Dem Paolo entgeht keine noch so versteckte oder unscheinbare Bewegung, kein Bewegungsmuster für die Bewältigung des alltäglichen Lebens der zu ihm in Beziehung stehenden Personen, keine Aktivität der in seiner unmittelbaren Umgebung agierenden Menschen. Gehörsinn, Seh- und Geruchssinn, Tastsinn und Geschmackssinn sind besonders entwickelt und ausgeprägt.*

Das behauptet Juliette LaRue, die Psychologin: *Beachte doch mal Paolos Augen (sagt sie zu Pietro in Abwesenheit des Paolo). Die gehen überall mit hin, egal, ob bei Menschen oder bei Tieren. Ich kenne keine lebhafteren Augen als die seinen. Und er hört, wenn er sich auf Wörter anderer einlässt, jedes Wort in seiner Bedeutung, und er nimmt Geräusche wahr, die wir Normalen wahrscheinlich von vornherein selektieren würden.*

Den Erstkontakt zu seinen Mitmenschen nimmt er mit der Nase auf, die ihm wohl der Schlüssel zur Bereitschaft, eine Beziehung zu knüpfen oder abzulehnen, ist.

Und über den Geruch, der von Mitmenschen aus geht – ob er diesen riechen kann oder nicht – bestimmt er die Koordinaten.

Tast- und Geschmackssinn von Paolo müssen märchenhaft entwickelt sein.

Paolo berührt gerne. Für ihn ist das Berühren selbstverständlich.

Seinem Wunsch nach Berührung könnte man eine in die Tiefe gehende, immer verfügbare, vielleicht maßlose Sensibilität unterstellen.

Wie andere Paolo Loredano sehen

Solche und ähnliche Vorträge muss Pietro von seiner Freundin und Geliebten, Juliette, über sich ergehen lassen.

Gelegentlich ergänzt Pietros Mutter, Valentina Loredano:

Es hat in der Po-Ebene, bei Gualtieri, einen Maler namens Antonio Ligabue gegeben, dessen Sinneswahrnehmungen für Lebewesen aller Art so übersteigert gewesen sein sollen, dass sie für diesen letztendlich in unerträgliche Schmerzempfindungen einmündeten.

Ligabue wohnte als Sonderling und Aussenseiter in einer von ihm selbst gefertigten Hütte im Wald, am Ufer des Po. Die Nähe zum komplexen Gefüge verschie-

dener, in wilder Natur existierender Lebewesen, führte ihm tagtäglich das Wechselspiel von Räuber und Beute, Fressen und Gefressen werden vor.

Der Überlebenskampf von Tieren in der Nahrungskette, der Kampf, bei der Nahrungssuche sterben zu müssen, damit andere leben können, brachte ihn an den Rand des Wahnsinns.

Um diese Wahrnehmungen ertragen zu können, malte Ligabue Bilder.

Manchmal schlug er sich mit Steinen gegen den Kopf, um seine Schmerzen und böse Gedanken zu vertreiben. Besorgt steckte man Ligabue zeitweise in Psychiatrische Anstalten.

Irgendwann entdeckte ihn und sein künstlerisches Schaffen ein Maler und Filmemacher namens Marino Mazzacurati, um ihn öffentlich bekannt zu machen und zum Maler-Genie zu erheben.

Marino Mazzacurati errichtete für Ligabue ein Museum.

Wie Paolo sprechen lernte

Ein Spaziergang an der Seine

Während eines Spaziergangs an der Seine
in Paris, am 26. März 2007, erzählte
Pietro seiner Freundin Juliette die Geschichte, wie Paolo, sein Zwillingsbruder,
eines Tages plötzlich sprechen konnte.

Cousine Marta Martelli

Paolo Loredanos 7 Jahre ältere Cousine
Marta Martelli verbrachte in früher Kind-

heit viel Zeit mit Paolo, ihrem Klein-Paolo *piccopaolo*, um mit ihm zu sprechen, besser gesagt, um ihn sprechen zu lehren.

Paolo Loredano schwieg beharrlich. Dennoch wurde Marta nach und nach Paolos engste Vertraute und das Medium in allen Angelegenheiten der Familie.

Marta Martelli und Paolo Lordano spazierten in ihren Kindheitsjahren oft zur äußersten, westlichen Spitze des Stadtteils Dorsoduro, zu einem halb verfallenen, geheimnisvollen Haus, nahe der Gasse zu unserer lieben Frau vom Berg Carmel *Calle Carmini*, um in diesem zu spielen.

Paolo Lordano und Marta Martelli haben dieses Haus nach und nach für sich und ihre Fantasien vereinnahmt. Paolo und Marta waren zu dieser Zeit unzertrennlich.

Das Wunder bei der Kirche der Heiligen Teresa

Pietro Loredano: *An einem Sommertag, es war im August, begaben sich der sechsjährige Paolo und die sieben Jahre ältere Marta zu diesem Haus nahe der Kirche der Heiligen Teresa.*

Paolo hat einen Darmvirus. Passe auf ihn auf!, hatte zuvor meine Mutter, Valentina, zu Marta gesagt.

Im *Alten Haus* konnte Paolo den Stuhl nicht mehr halten. Er bekam Durchfall. Die braune Brühe lief ihm durch die Hose, die Beine hinunter. Ein jämmerlicher Anblick.

Marta bewahrte die Ruhe, pflückte einige Blätter von einem Ahornbaum und wischte weg, was zu entfernen ging.

Danach marschierten beide nachhause, am Teresa-Kanal entlang, an Kneipen und den Bretterbuden der Lebensmittelhändler vorbei. Es war heftiges Markttreiben im Dorsoduro.

Ab da sprach Paolo erstmals – in seinem sechsten Lebensjahr. Anfangs sprach er nur mit Marta, später, wenn es der Anstand verlangte oder Informationen aufbereitet oder ausgetauscht werden mussten, auch mit anderen Verwandten.

Juliette LaRue versucht eine Erklärung

o

Juliette LaRue zu Pietro Loredano: *Paolo gab seiner Cousine Marta quasi unein-geschränkte Vollmacht plain pouvoir und freie Hand, was ihrer beider Beziehungen zueinander und zur Welt betrafen.*

Pietro Loredano: *Paolo musste damals schon den vollen Sprachschatz eines voll-jährigen Menschen gehabt haben. Nur sprechen wollte er nicht. Bis heute weiß ich nicht, was ihn daran hinderte.*

Das Ereignis war bedeutsam

Marta Martelli äußerte sich später zu diesem Vorfall.

Marta: *Ich weiß noch genau. Wir ruhten uns auf dem Heimweg vor einem Strauch mit Rosen nahe der Gondelwerft Squero dei San Trovaso, am Kanal des Heiligen Trovaso Canale San Trovaso, bei der Pfarrkirche zweier Märtyrer Chiesa dei Santi Gervasio e Protasio aus. Paolo stand mit nach unten gebeugtem Kopf vor mir.*

Paolo Loredano: *Ist das schlimm für dich, dass ich in die Hose gemacht habe?*

Die Besaitung des Paolo

Juliette ist zunächst sprachlos. Sie ist erstaunt und glaubt an Wunder: *Paolos erster Sprechakt im sechsten Lebensalter, hervorgerufen durch eine verschissene Hose und die liebevolle Fürsorge der Cousine Marta?*

Paolos erster Sprechakt überhaupt? Eine Art Selbstoffenbarung? Paolos Sprung von der Gesichtsmimik zur Artikulation und zur menschlichen Stimme?

Im Nachgang eines Desasters erfolgte Paolos Besaitung zur Hervorbringung sprachlicher und klanglicher Bewegung, zur Ergänzung des inneren Sprechens und Hörens, dessen er längst mächtig war?

Paolo, nunmehr lebhafter Klangkörper für Sprachlaute, für Stimme, Lautstärke, Tondauer, Klangfarbe, Klanggemisch, für Ton im Raum und im Freien, für informatives Sprechen, für Beziehung? Phänomenal!

Dein dich liebender Paolo

Brief des Leichenbesorgers Paolo Loredano

Paolo schreibt Juliette einen Brief:

Dorsoduro, der 24.12.2007. Liebe Juliette. Du weißt, ich bin von Beruf Leichenbesorger am Friedhof San Michele *Designator*.

Zu meinen Aufgaben gehören das persönliche Waschen, Frisieren, Rasieren, Einkleiden, Einsargen und Befördern der Leiche. In meinem Beruf sind alle Sinne angesprochen und herausgefordert.

In meinem sechsten Lebensjahr wurde ich mir der sozialen Bedeutung aller meiner Sinne bewusst. Insbesondere jedoch der Bedeutung der Sprache. Soweit ich denken kann, war mir klar, dass ich mehr als andere Menschen Gerüche, zum Beispiel Geruchsstoffe aus Weihrauch, aus Gewürzen wie Zimt und Vanille, oder blumenduftige Gerüche in einer besonderen Art und Weise verarbeiten muss.

Aber auch scharfe und dumpfe Gerüche wie Leichengeruch und Belästigungen aus Schweiß, Blähungen oder beißende und faule Gerüche, führten mich oft bis zur Schmerzgrenze und darüber hinaus.

Besonders bewegt mich die Wahrnehmung verdorbenen Fleisches, Aas- und Fäkalgeruch, aber auch Knoblauch. Ich bin ständig damit beschäftigt, Gerüche in mir aufzunehmen und abzuwehren.

Andererseits machen mich Gerüche neugierig und wissbegierig. Geruchs- und Duftwahrnehmungen bewirken in mir geistige und emotionale Auseinandersetzungen. Ohne Umduft verspüre ich große Leere.

Auch höre ich mehr als andere Menschen, sowohl, was die Intensität des Hörens anbelangt als auch in Bezug auf das räumliche als auch auf das laterale, nach allen Seiten gleichzeitige Hören.

Was die Ausdauer, zuzuhören, angeht, und in Bezug auf die Orientierung nach Wörtern, bin ich wahrscheinlich unschlagbar.

Die Bewegungen der Mitmenschen, ihr Erscheinungsbild, ihr *Erscheinen machen* und ihr *Verschwinden lassen* von sich oder ihren Beweggründen, faszinieren und fesseln mich.

Mein Nah-Sinn wird durch meinen Geschmackssinn dominiert. Er ist eine Art chemische Waffe. Manchen Menschen, denen ich begegne, kann ich im übertragenen Sinn gut schmecken, manche kann ich nicht riechen.

Das geht mir auch in meinem Beruf als Leichenbesorger beim Anblick einer Leiche so. Manch eine Leiche ist mir zuwider, vermutlich wegen ihres verfestigten Charakters zu Lebzeiten, welcher mir durch Geschmacks- und Geruchssinn offenbar wird.

Ich glaube Licht und Schatten schmecken zu können. Alles *Bittere, Saure, Süße, Salzige, Fleischige, Herzhaftes und Fettiges und andere Geschmacksqualitäten* sind mir die wichtigsten Orientierungshilfen in meiner als bedrohlich empfundene, kleine Welt.

Wie bei allen Menschen ist mein Tastsinn der Fühler zur Welt der Lebenden und der Toten. Mein Tastsinn ist Gefühls- und Erkennungssinn für mechanische und thermische Zustände z. B. meiner Leichen, sowie für deren vor Sterben und Tod erfahrenen Lebensverhältnisse.

Er ist Fühler zur Welt derer, die einst selbst ihren Tastsinn betätigten, die streichelten, berührten, Empfinden und Gefühl für so alltägliche Dinge wie Leder, Metall, Verputz, Farben und Anstriche hatten.

Ich ertaste gewissermaßen das Restprofil des vor mir liegenden, jetzt leblosen Körpers. Am Ende ist der Mensch unter meinen Fittichen wie eine polierte Keramik, frei von Abdrücken, Rissen, Erosionen. So empfinde ich das.

Früher konnte ich mich stundenlang in Wäldern aufhalten, um die Oberflächenrauheit oder Welligkeit von Bäumen und deren Rinde zu ertasten.

Liebe Juliette, in diesem Sinne gestehe ich dir meine Zuneigung und Liebe!

Juliette in der nördlichen Lagune

Das Schönste und Vollkommenste ist, dich zu berühren, zu ertasten. Das mag vielleicht ein wenig technisch klingen.

Mein Tastsinn vermittelt mir bei dir das Erlebnis deiner Oberflächenvollkommenheit, so blödsinnig das klingen mag. Es ist das Abenteuer an sich, deine kleinen Höhen und Tiefen, Formen und Farben zu erspüren. Das aktive Einfühlen, das Erfühlen durch Streicheln, Drücken, Umfassen, Konturen nachfahren, ist das Größte, das ich empfinde.

Juliette, nimm es mir nicht übel, dass ich so schreibe. Es ist vielleicht ein wenig zu technisch formuliert. Es ist eben unbeschreiblich, was ich bei dir empfinde.

Dein dich liebender Paolo.

Lagune - Via di Lio Piccolo

Dialog – Juliette und Paolo

Salz auf den Lippen

Juliette LaRue: *Paolo, sag´ was!*

Paolo Loredano: *Juliette, ich liebe Dich!*

Juliette nimmt Paolos Hand und drückt sie unbewusst an ihren Schoß.

Juliette: *Ich weiß, Paolo!*

Paolo: *Aber du gehörst meinem Bruder Pietro!*

Juliette: *Ich gehöre gar niemandem. Ich bin ich!*

In sich hinein flüstert Juliette: *Ich bin wirklich ich.*

Paolo: *Das stimmt, du bist wirklich du.*

Juliette: *Paolo, küsse mich!*

Paolo küsst Juliette zaghaft auf die Wange.

Juliette: *Richtig, Paolo!*

Paolo küsst Juliette für einen Augenblick zaghaft auf den Mund.

Juliette: *Paolo, willst du mich?*

Paolo: *Ja!*

Paolo versucht mit seinem Handrücken das Mondlicht aus Juliettes Gesicht zu wischen. Juliettes Augen tröpfeln.

Paolo fängt mit der Fingerkuppe des Zeigefingers einen glitzernden Tränentropfen auf. Er verstreicht ihn auf Juliettes Lippen.

Juliette: *Bitter, salzig!*

Juliettes Lippen formen sich zu einem Höhleneingang. Juliette drückt Paolos Hand noch fester an ihren Schoß.

Paolo spürt Salz auf Juliettes Lippen.

Jetzt ist immer der richtige Moment

Seit wir uns das erste Mal begegnet sind

Paolo zu Juliette: *Weißt du eigentlich, wie wichtig mir Berührung ist?*

Juliette: *Ja, Paolo. Bei dir wusste ich das von Anfang an. Ich weiß das, seit wir uns kennen.*

Paolo: *Seit wir uns zum ersten Mal begegnet sind?*

Juliette: *Seit wir uns zum ersten Mal begegnet sind. Du wähltest immer den richtigen Moment für eine Berührung. Jetzt ist immer der richtige Augenblick. Ich liebe dich!*

Vereinigung

Juliette versucht nach der Vereinigung mit Paolo ihre Gefühle neu zu ordnen. Körperkontakt, Berührung, Stoß, Kommunikation, Chemie – ein unbegreiflicher Vorgang.

Auf Paolos Stirn sitzt ein Nachtfalter. Von der östlichen Lagune reicht der beginnende Tag ins Zimmer.

Juliettes Verhältnis zu Pietro

Liebe machen

Juliettes Verhältnis zu Pietro Loredano, Paolos Zwillingsbruder, war eher eines im Sinne einer Technologie: Das Navigieren durch Tasten, ausgerichtet auf körperliche Befriedigung zum Erkennen des Objekts, für Verfolgung des Ziels, zum Bestimmen des Ereignisses *Frau und Mann*.

Die Befriedigung am Ende des körperlichen Aktes, der Höhepunkt, schloss mit dem Beute-Ton, der Schluss-Note, dem guten Ton.

Juliettes Liebe zu Pietro ist Klang- und Geräusch-Ereignis sowie Stimme. Sie ist die Anfangserfahrung der Art und Weise, Liebe zu machen, die Gestalt der Liebe zwischen Mann und Frau, die eher der Morphologie, der Lehre vom Aussehen zuzuordnen ist, als der unmittelbaren Erfahrung von Verkettung von Ereignissen oder Prozessen zwischen sich liebenden Menschen. Wobei alle Ereignisse auf das erste aufbauen.

Pietro Loredano und Juliette LaRue setzten in Sache Liebe zueinander mehr Segel als bei herrschendem Wind ratsam ist.

Juliette über Paolo und Pietro im Vergleich:

Paolo erwischt unbeabsichtigt alle Sinnes-Empfindungen in mir, alle Sinnespunkte, Tastempfindungen, Schmerzempfindungen, Kälte- und Wärme-Empfindungen, Farbigkeit, wechselweise Feinheit und Rauheit der Formen, der Seele und des Körpers, alle Punkte der Haut.

Juliette LaRue, zu ihrer besten Freundin, Giulia degli Alberti, Tochter der Amalia, der Hutmacherin:

Canale

Liebe zu Paolo ist unser beider Versuch eines behutsamen Türen-Aufstoßens für uneingeschränkten Zugang zu allem und jedem im anderen.
Juliette in einem Brief an Giulia degli Alberti: *Das gelingt mir nur mit Paolo. Das*

Empfinden für Pietro, Paolos Zwillings-bruder, ist eher ein technisches. Pietro war meine erste große Erfahrung, meine be-rauschende, technische Quelle in Sachen Liebe!

Aussprache

Pietro Loredano zu Juliette LaRue: *Paolo ist mein Bruder. Ich empfinde wie er.*

Juliette: *Ich weiß, Pietro!*

Pietro: *Juliette, ich werde deinen Körper, dein Rotkehlchen-Gezwitscher, deinen vor-lauten Mund und dein Sich-um-alles-küm-mern-wollen vermissen.*

Juliette: *Oh, Pietro! Ich tue dir weh.*

Pietro: *Wirst du Paolo heiraten?*
Ohne Juliettes Antwort abzuwarten, fährt Pietro fort: *Der schöne Ton deiner Stim-me bleibt mir ja. Du wirst ein Teil unserer Familie. Deine Vorliebe für Nagelblumen wie Syringe, Gewürznelke, Goldlack und*

für Gartenstiefmütterchen wird Paolo mit dir und mir teilen.

Juliette: *Du bist lieb, Pietro.*

Pietro: *Und vergiss nicht. Paolo ist allergisch gegen Geschmacksverstärker, z. B. Glutamat. Aber eine gute Köchin bist du ja auch.*

Juliette: *Ich bin so hilflos. Ich habe deinem Verständnis nichts entgegenzusetzen.*

Pietro: *Er liebt dein Pot-au-feu, die Fleischbrühe mit Wurzelwerk und dein Mischgemüse aus Möhren, Erbsen und Spargel und Weißwein mit Rauchgeschmack. Ihr seid auf der gleichen Wellenlänge.*

Juliette, durch Pietro ermutigt: *Und ich lasse Paolo, wann immer er will, seine quietschende, aus dem vorigen Jahrhundert stammende Nagelgeige spielen, die dir immer auf die Nerven ging.*

Juliette drückt sich an Pietro und weint. Pietro umarmt Juliette und weint. Die Positionslampen am Kanal Giudecca weinen. Die Nebelwand zur offenen Lagune hin weint. Die widrigen Ostwinde, die Hochwasser nach Venedig tragen, weinen bitterlich.

Nach einer Zeit

Wenn Pietro die Kurve kriegt, wird aus ihm mal etwas ganz Besonderes. Den Segen der Mutter habt ihr beide.

Allegorisch wird sie dir und Paolo Johannesbrot und Oliven reichen.

Juliette: *Was meinst du mit Wenn Paolo die Kurve kriegt, wird aus ihm was Besonderes?*
Pietro: *Na ja, er hat schon genug Leichen gewaschen, rasiert und angekleidet. Du weißt doch, er ist Leichenbesorger auf dem Friedhof San Michele. Bist du damit zufrieden?*

Juliette: *Zufrieden? Ich verstehe deine Frage nicht. Ich bin zufrieden.*

Pietro: *Ihr beide liebt euch wirklich!*

Ich liebe ihn und dich. Du warst meine erste große und eindringliche Liebe!

Pietro: *Ich war!*

Ein wenig zerknirscht beendet Pietro die Aussprache:

Rüstet euch also zum Bal-Paré, zum aufgebluderten Ball, bei dem festliche Kleidung und Harmonie zwingend vorgeschrieben sind; oder besser gesagt, ihr bereitet euch für die Hochzeit im Dorsoduro vor, Carnevàl o sposàda nella mascaráda (venezianisch). Ich werde dabei sein.

Durch Pietros Kopf geht: *Ich bin jetzt ein Hornschaf oder ein ziegenähnlicher Pantalone oder nur einfach der Bruder von*

Paolo Loredano und der Freund meiner ehemaligen Geliebten, Juliette LaRue?

Valentinas Liebe zu Lorenzo

Valentina spricht mit Giulia degli Albert über Lorenzo, ihren verstorbenen Gatten

Was ich, Valentina Loredino, Witwe des Seemannes Lorenzo, am wenigsten ertragen kann, ist ein Hanswurst als Mann.

Valentina Loredano

Mein verstorbener Gatte, Lorenzo, war ein unglaublicher Mann. Ich habe ihn in Neapel kennengelernt, bei Antipasti, Pizza und Pasta.

Lorenzos neapolitanische Mama erweckte in mir anfangs Lachen und dann Schaudern. Sie war die dunkle Seite der mediterranen Mutter.

Ihre mimische Genialität für Imitieren und Ausleben von Frömmigkeit, besser gesagt Frömmelei und Aberglaube schlugen mich von Anfang an in ihren Bann.

Es bedurfte großer körperlicher und seelischer Anstrengungen, mich später aus ihrer Umklammerung wieder zu befreien. Sie versprühte mehr Liebe, als sich derjenige, der sie empfängt, leisten kann. Es gibt eine Grenze, wo Liebe regelwidrig und schamlos wird. Jeder Tag mit ihr war Versöhnungstag.

Mein verstorbener Gatte war in Kindheit und Jugend Opfer ihres wunderlichen, mütterlichen Liebeslebens. Er war Opfer ihrer Hingabe, ihrer Philosophie, ihrer Religiosität und ihrer neapolitanischen Zuwendungen.

Nach meiner Verehelichung mit Lorenzo schulterte Lorenzo das gesamte Gewicht der Vergangenheit und wurde Seemann, um die Kurve zum erwachsenen Menschen zu kriegen. Es war der Versuch einer Befreiung.

Meine Liebe zu Lorenzo wuchs langsam. Ich spürte sofort, dass ich von Lorenzo zwar Liebe, aber niemals Kinder von ihm haben wollte.

Jetzt habe ich, Valentina Loredano, zwei Kinder von ihm auf einmal. Paolo und Pietro.
Was ich mit Lorenzo teilen konnte, war die Offenheit für die Schönheit der Natur, die Bilder einer Landschaft, Nebelwände in den Bergen um den Vesuv, Schlechtwetterfronten bei Ischia, Fallwinde aus Afrika.

Wenn Lorenzo eine Ziege zum Weinen brachte

Lorenzo war ein Zauberer, ein Verzauberer. Wenn er von Hoher See nachhause kam, um ein paar Tage sich zu erholen, wartete er mit allegorischen Geschichten auf, mit Erlebnissen aus dem weiten Meer und mit deren Deutungen, mit Betrachtungsweisen nach Art alter Sagen.

Lorenzo Loredano

Ich weiß es heute noch nicht einzuschätzen: War das, was er erzählte, See-
mannsgarn oder das wirkliche Leben –
oder war es beides?

Lorenzo quälte sich niemals mit uner-
füllten Wünschen herum. Lorenzo zu mir:
Du darfst die Ereignisse und Dinge im Le-
ben nicht nach ihrer wörtlichen Bedeu-
tung auslegen, sondern nach einem vorge-
gebenen geistigen Sinngehalt. Dann wirst
du aus lauter Freude an dem, was ist und
nicht ist, ein zweites Mal leben wollen.

Seine Geschichten erweckten in mir ehr-
fürchtiges Schweigen. Das war alles so
eindringlich, wenn er erzählte. Man muss
sich das so etwa vorstellen: Er erzählte
von einer Kuh oder Ziege und ich roch
intensiv von einer Kuh oder Ziege. Und
wenn er eine Ziege zum Weinen brachte,
weinte auch ich wie eine Ziege.

Lehrreiches und Wunderbares

Seine Geschichten steigerten meine Ein-
bildungskraft ins Unermessliche, so dass
ich mehr sah, als er mir mit seinen Er-
zählungen aufzeigte. Er konnte banale,
tatsächlich erlebte Vorfälle auf See so
sehr in eine Geschichte umwandeln, dass

für mich kein Unterschied mehr zwischen Fiktion und Wirklichkeit erkennbar war.

Alles, was für andere vielleicht bedeutungslos war, wurde für mich wunderbar, neu und außergewöhnlich.

Lorenzo: *Der Nutzen der Erkenntnis ist Verwandlung des Unwirklichen in das Mögliche. Die Veränderung von Umständen macht fast alles möglich oder vielleicht tatsächlich alles möglich.*

In meiner Schulzeit lasen meine Mitschüler und ich im langweiligen Religionsunterricht bebilderte Groschenromane über Drachenflieger. Unser Religionslehrer, Mestrowitsch, tat diese Einbildungen vom fliegenden bzw. gleitenden Menschen als Verdummung und als unmöglich ab. Als Strafe für den geistigen Frevel bekamen wir reihenweise Ohrfeigen und Verweise.

Wer macht sich heutzutage noch Gedanken, wenn ein Para- oder Drachengleiter über ihn hinweg fegt? Alles ist möglich. Wahrheiten gibt es nicht einfach nur so. Man kann sie auch erfinden. Im Übrigen ist die Grundeinstellung, *Was ich nicht weiß, das gibt es nicht!* das Höchstmaß an Dummheit.

Lorenzo traf meine romantische Note. Die Seefahrt führte ihn innerlich weg von Stadt, Land, Sesshaftigkeit, von sesshaften Menschen und dem Netz bürgerlicher Existenzen.

Umweltverschmutzung sowie Müllverbreitung und Atomkraft sind auf einem Fischtrailer für Seeleute keine abendfüllenden Themen.

Lorenzo: *Der Staat ist schwach und unbeholfen. Er weist Natur- und Wasserschutzgebiete aus und kann diese nicht beschützen. Er tut nur so. Wir Menschen müssen die Verbindung Natur und Meer neu entdecken und unsere Nachkommen für die Natur neu begeistern können.*

Die Meere sind einzigartig. Die Meere haben Generationen inspiriert. Ich bin dankbar, auf dem Meer arbeiten zu dürfen.

Die Menschen begreifen jetzt erst, dass es nicht nur der Schutzgebiete zu Lande bedarf.

Wir brauchen dringend Meeresschutzgebiete, um die Zukunft der Menschheit zu garantieren, vor allem den Schutz der Küstengewässer. Für mich bedeutet das Meer Freiheit.

Da hatte Lorenzo schon eher Angst vor Meeresungeheuern. Natürlich gab es für ihn den Klabautermann und unzählige, vielköpfige Meeresungeheuer und plötzlich aus dem Wasser auftauchende Wassermänner, die wegen des Unfriedens auf den Weltmeeren den Untergang eines Schiffes voraussagten und für Ordnung sorgten. Und liebreizende, aber deshalb nicht weniger gefährliche Meerjungfrauen und Nixen gab es auch.

Und es gab Geisterschiffe, die plötzlich in dichtem Nebel aufkreuzten und wieder verschwanden und Schiffsfriedhöfe, die es schon wegen magnetischer Anziehungsfelder zu umschiffen galt, und manchmal, bei Nacht, gab es auch Ufos.

Wenn Lorenzo an Land ging, erledigte er alles gemütlich. So auch ohne Absprache die Einleitung meiner nicht gewollten Schwangerschaft.

Erst nachdem wir von Neapel, wo ich es nicht mehr aushielt, nach Venedig, in meine Heimat zurück zogen, wurden mir die besonderen Charakterzüge in Lorenzo vertraut.

Er ähnelte in Gestalt und Wesen dem von Eigeninteresse getriebenem, herausforderndem Menschen, der aus seinen selbst angezettelten Kämpfen flieht und sich überhaupt gerne aus dem Staub macht. In Venedig sagt man zu einer Person dieser Art, *Er ist ein Scapio.*

Er war verschmitzt, voller fantastische Einfälle und geneigt, immer wieder zu versuchen bzw. zu tun, was eigentlich nicht geht. Er war gewillt, die Welt auf den Kopf zu stellen, um dann fantastische Dinge sich auszudenken.

Im Vergleich zu mir spröder Nicolòtti-Ehefrau, der biederen Tochter armer Leute aus dem Dorsoduro, war er ein schmachtender Liebhaber, und sei es nur, um mich emotional, erotisch oder sexuell von Grund auf zu verunsichern oder in die Irre zu führen.

Er war Hypnos, der griechische Gott des Schlafes, Bruder des Todes, Zwillings-bruder des Thanatos, des Vaters aller Träume.

Wunder, Einbildung und Wirklichkeit, am 5. Februar 2008

Weiß gekleidete Männer

Am 5. Februar 2008: Hochzeitstag. Vergeblich leuchtet das Mondlicht. Vom Giudecca-Kanal treibt ein leichter Wind auf den Platz der Heiligen Margarete. Es ist ungewöhnlich warm für diese Jahreszeit.

Weiß gekleidete Männer in langen Hemden und Hosen und mit groben, abweisenden Halbmasken auf dem Gesicht, im Volksmund Zanni genannt, errichten auf dem Margareten-Platz eine Bretterbühne.

Die Zanni sind bezahlte, bäuerliche und rauflustige Diener des Antonio Pandalfini alias Pantalone.

Auf einem Handkarren ist ein großes Schild angebracht: Heute Komödie *Oggi Commedia*. Um das Podest herum wird mit Nägeln und Latten ein Geländer angebaut.

Antonio Pandalfini alias Pantalone, vermeintlicher Vater des Tonio, hat im vergangenen Jahr wegen eines Fehltritts die Bühne unfreiwillig verlassen und sich einen Arm gebrochen. Deshalb diese Vorkehrungen.

Padre Davide Pinque.

Nach getaner Arbeit stellen sich die Zanni, die Arbeiter des Antonio alias Pantalone, mit gesenktem Haupt vor die fertige Bühne.

Padre Davido Pinque

Im Gefolge schleicht ein Priester

Antonio alias Pantalone kommt erhobenen Hauptes durch die Menge der maskierten Schaulustigen geschritten.

Mit einer herrschaftlichen Handbewegung, *Weg mit euch!* vertreibt er seine Arbeiter, die Zanni.

Im Gefolge des Antonio alias Pantalone schleicht ein Priester in Amtstracht, Padre Davide Pinque, und dessen Ministrantin, Carla degli Alberti, uneheliche Tochter der Giulia degli Alberti, der besten Freundin der Juliette LaRue, auf den Platz.

Padre Davide Pinque setzt sich stöhnend auf einen hölzernen Stuhl vor den Bühnenaufgang.

Seiner Ministrantin, Carla, Tochter der Giulia degli Alberti, gibt er einen kräftigen Schlag auf den Hinterkopf, so, dass Carla stolpernd die Treppen hinauf auf die Bühne fällt.

Die Ministrantin, Carla, rappelt sich auf und flucht: *Schweinemadonna, Schmierlappen-Padre porca Madonna, Padre di Cencio.*

Padre Davide Pinque verzeiht Carla und vollführt eine Geste der Entschuldigung: *Im Namen des Jungferngezeugten, im Namen Jesu, im Namen aller Kümmerer, Gott verzeihe der Tochter der Giulia degli Alberti.*

Mit Kümmerer sind von Padre Pinque pauschal immer alle Heiligen der Katholischen Kirche gemeint.

Antonio Pandalfini alias Pantalone betritt die Bühne

Pantalone, Antonio, vermeintlicher Vater des Tonio, vollführt eine ausladende Armbewegung über das herum stehende Volk und setzt zur Rede an:

Pantalone: *Alle ihr Neugierigen, die ihr, wie von der Tarantel gestochen, im Schreittanz der Vergnügungssucht pass´ e mezzo, pasio e mezzo hier, auf den Platz der Heiligen Margarete gekommen seid ... Alle ihr vor Ort, ihr Heuchler, ihr Galgenvögel, ihr Pfänder und Brenner, ihr verkommenen Eigenlober und Kunstredner ...*

Pantalone wird durch eine Geräuschwelle des Protestes unterbrochen. Das Volk murrt hinter den Masken und antwortet mit Pfiffen.

Pantalone begrüßt die Gäste

Pantalone: *Alle, ihr Leichtgläubigen, ihr, die ihr nicht wisst, wo euer Geld geblieben ist, ihr, die Kummervollen und Schwätzer...*

Hochzeitsgäste

und du, Frau Mira Pieghetta, alte Pritsche und Stadtteilhure,

und du, Herr Michele Molestus, seine Hoheit Spärlichkeit mit Ritzen in Gesicht und Mimik, Nichtstuer und Speichellecker, du armer Teufel ...

und du, Herr Spinni Laverante, ruhmrediger Spießgeselle der Präfekten und Senatoren, Freund der Politiker ...

und du, Herr Leonardo Lecchino, du nu-schelnde Prachttrossel, Stutzer und Hei-ratsschwindler aus dem Viertel von San Sebastiano ...

und du, Herr Diego Lazzarone, ewig Geiler, der nach außen hui und nach innen pfui seine Frau, das Grillchen, schlägt und seine Kinder Glöckchen und Bimmelchen fast verhungern lässt ...

und du, Herr Filippo Girante, Ortsvor-steher und willenloser Parteigänger der oberen Haltlosen von Venedig ...

und du, Frau Vera Fintaggine, Geldkatze, Heuchlerin und Altarwanze, Brautjungfer des Teufels ...

und du, Salvatore Madox, Vertreter der heiligen Unterwelt Santa Mala Vita.

(Salvatore Madox ist der einzige dauer-haft ansässige Sizilianer im Dorsoduro. Er stammt aus Alessandria della Rocca, einer kleinen Stadt in der Provinz Agrigent. Aus beruflichen Gründen war er an die Eisenbahn gebunden. Er bezeichnete sich von Beruf als Kontrolleur. Nachdem der Bahnverkehr nach Alessandria della Rocca eingestellt wurde, hat sich Salvatore Madox aus dem Staub in Richtung Norden von Italien gemacht. Er ist im Dorsoduro heimisch geworden. Man sagt ihm Verbindungen zur sizilianischen Mafia nach. Das sagt man in Venedig gewohnheitsmäßig allen Sizilianern nach.)

Ihr seid zu allem Überfluss eingeladen, an der Trauung von Juliette LaRue und Paolo Loredano, unserem Sohn, teilzunehmen.

Pieghetta und Fintaggione

Das Volk flucht hinter den Masken

Auch wenn man hinter den Masken eigentlich nicht erkannt wird, und auch weil Karneval ist, fällt es dem Volk schwer, jedes Jahr aufs Neue Beschimpfungen des Antonio Pandalfini alias Pantalone, wie heute zum Anlass der Trauung von Juliette und Paolo, über sich ergehen zu lassen.

Das Volk flucht hinter den Masken. Im Wechselbad der Gefühle mischen sich Demütigungen, Doppelzüngigkeit, Schandbefleckung, Flüche, Zischlaute und Kurzzitate wie: *He da! Ach so?* und *Leck' mich doch am Arsch!* auf dem Platz der Heiligen Margarete.

Herr Eduardo Ficcino, in der Maske der Ratte, auch Schnüffler und Einfädler genannt, ruft aus der hinteren Ecke:

Pantalone, Antonio, du amtsträchtige, hässliche Eidergans und armseliges Gutschwein, mach' endlich Schluss mit deinen

Beleidigungen. Wir müssen nicht über Dinge reden, die wir nicht ändern können. Wir sehen in bewährter Tradition über die Schwächen unserer Mitmenschen und über die eigenen hinweg. Ist das nicht so?

Das Volk stimmt Eduardo Ficcino, fast melodisch klingend, zu: *Soooo iiiiist eeees!*

Zensur ist nicht vorgesehen

Pantalone: *Das musst gerade du sagen! Du Beutelratte vom Geheimdienst. Zensur ist hier nicht vorgesehen.*

Salvatore Madox wirft in sizilianischem Dialekt ein: *Eduardo Ficcino! Priester und Senatoren; spreche gut über sie aber meide sie. Eduardo Ficcino, parrinu e Senatori, dinni beni e stanni.*

Alle lachen wegen des sizilianischen Dialektes von Salvatore Madox.

Frau Mira Pieghetta zeigt auf das Rattengesicht, auf Eduardo Ficchino.

Frau Mira Pieghetta: *Dort steht er, der Schlimmste, der verruchte Schnüffler. Ich erkenne ihn an seinen breiten Hüften und weil er ein Bein nachzieht. Man sagte mir, er sei der Puzzola, der Kämmerer von San Marco, der, wie jedermann weiß, regelmäßig unsere Gelder zweckentfremdet. Einer meiner besten Kunden.*

Salvatore Madox wirft ein: *Mira Pieghetta, schweig bevor du sprichst! Prima de palar, tasi!*

Alle lachen wegen des sizilianischen Dialektes von Salvatore Madox.

Antonio alias Pantalone: *Halt den Mund, Mira Pieghetta, und schade dir nicht selber. Du hast zu essen und zu trinken, lebst gut vom Fiedeln und Blasen, und keiner ohne Geld macht dich an.*

Signora Pieghetta: *Und dich, Pantalone, konnte ich bei mir zuhause noch nicht gutheißen, weil du wohl zu knickrig bist, du unfruchtbare Zelle.*

Pieghetta wendet sich an das Volk

Mira Pieghetta, Stadtteilhure, wendet sich an das Volk:

Antonio Pandalfini alias Pantalone steht auf die schöne Tochter des Innensenators, auf die jungfräuliche Bertà. Eine fräuliche ist ihm nicht genug, dem alten Gecken!

Aber vergeblich buhlt er um Potamieana, die Frau, die ihre Entjungferung als Makel heiliger Vollkommenheit begreift und deshalb eher noch büßend den Tod in Kauf nehmen würde, als sich Antonio hinzugeben. Schon Antonios Charakters wegen bleibt sie die Heilige der Keuschheit, wertvoller als Orlow, der Diamant am russischen Zepter.

Antonio alias Pantalone: *Pieghetta, halt endlich deinen vorlauten Mund, du alte Pritsche!*

Zu sich selber flüstert er: *Sie ist unheimlich stark, die Frau. Sie macht einen schwach. Wer liebt nicht die dunkle Seite des Lebens?*

Fangt endlich an mit dem Affentheater

Aus einem halboffenen Fenster im ersten Stock kreischt die beleibte, streitsüchtige Frau Viola Procella:

Fangt jetzt endlich an mit dem Affentheater, ihr senile Heiligenköpfe. Ich habe zwei Kinder zu versorgen, und die Nacht wird kalt. Es ist immerhin Februar und der Ostwind pfeift.

Antonio alias Pantalone zu Procella: *Halt dich zurück und schließe die Fenster, Viola Procella, damit nicht der Gestank fauler Fische aus deiner Küche herüber weht.*

Frau Viola Procella am Fenster: *Der faule Fischkopf bist du, Pantalone, Liebhaber der hässlichen, leichtlebigen Frau Teodòra Melma, der Gattin des korrupten Richters Cristoforo Melma. Die Erde sei dir nicht gegönnt, der Himmel sei dir verschlossen!*

Salvatore Madox wirft ein: *Der Richter Cristoforo Melma ist ohne Leidenschaft für seine Gattin. Ein Ehemann, der keine Leidenschaft zeigt, ist wie ein Haus ohne Dach Lu maritu senza affetu comu la casa senza tettu.*

Alles lacht über Salvatores sizilianischen Dialekt.

Antonio alias Pantalone: *Oh! Viola Procella, süßes Mädchen, ich bitte dich, schließe das Fenster und bringe deine muffigen Kinder ins Bett. Sie sind nicht vom selbigen Vater. Der Kesselflicker von Sant´Agnes malochte deinen Sohn Vittòrio und der Herumtreiber Stelvio malochte deine Tochter Adèle. Du kannst dich nicht beklagen.*

Signora Procella schließt bestürzt die gerippten Fensterläden und löscht hastig das Licht.

Der Musikant wagt einen kleinen Piepser

Gelegenheitsmusikant Marco Zibetto, als Harlekin verkleidet, betritt den Margaretenplatz. Er spielt auf einem Portativo, auf einer kleinen, tragbaren Handorgel, auf einer so genannten Ganzlederbandorgel.

Marco Zibettos Töne sind eine ins Fleisch schießende, ernüchternde Katzenmusik. Aber sie trifft ins Schwarze und ist Tradition.

Das Volk formiert sich um die Bühne. *Seid still! Seid still!* Die Geräusche versiegen.

Padre Davide Pinque betritt über die Treppe die provisorische, hölzerne Bühne. Er zieht seinen wackeligen Stuhl hinter sich her.

Aufmerksam, sich nach allen Seiten vergewissernd, dass man ihn erkannt habe, verschafft er sich vermeintliche Achtung.

Marco Zibetto wagt noch einen kleinen Piepser aus der Orgel, bevor im Gefolge des Herrn Sandro Quercia, des amtlichen Heiratsvormundes, als einzige, nicht maskierte Personen, die Braut, Juliette LaRue, und der Bräutigam, Paolo Loredano, in weißen Hochzeitsgewändern erscheinen.

Frau Pieghetta wechselt die Maske

Frau Mira Pieghetta spricht gerührt aus, was in diesem Augenblick viele der Anwesenden denken:

Paolo, unser Paolo, der Nicolòtto aus dem Viertel Nicolò dei Mendicolo, ein besonderer Mensch und eine wahrhaftig treue Seele, heiratet. Ich muss das ja wissen. Er ist ein guter Mensch. Ich kann das vor der Heiligen Mutter Gottes der Meere und ihrem Kinde beschwören!

Mira Pieghetta wechselt, vor Rührung die Fassung verlierend, weinend ihre Maske.

Anstelle der Maske der geilen Hure trägt sie jetzt das Gesicht der Madonna, die Maske der Madonna mit den zwei Bäumchen *Madonna degli alberetti* des berühmten Malers Giovanni Bellini.

Durch die Menschenansammlung huschen plötzlich die Arbeiter des Pantalone, die Zanni. Diese verteilen weiße Halbmasken, symbolisch die Masken der Heiligen. Das Volk trägt jetzt Maske auf Maske.

Weiß einer etwas über die Braut zu sagen?

Der Hochzeitsvormund, Sandro Quercia, wendet sich an das Volk und spricht:

Tausend Geschichten gibt es über euch, die ihr hier versammelt seid, gute und schlechte, aber keine Geschichte über die Braut Juliette LaRue. Oder? Weiß jemand eine Geschichte über die Braut zu erzählen?

Alle Augen richten sich auf die Braut. Es ist plötzlich sehr still auf dem Platz der Heiligen Margarete.

Tonio zerschlägt an einem Butterfass eine türkisfarbene Vase

Es ist Brauch, dass ein Mann vor der Vermählung einer Frau, die er liebt aber nicht als die Seine bekommen kann, sein Missfallen äußert, indem er auf einem Butterfass eine türkisfarbene Vase zertrümmert. Derjenige, der die Vase zerbricht, hat keinen Platz mehr für Blumen als Ausdruck der Verehrung.

Tonio Pandalfini, vermeintlicher Sohn des Antonio Pandalfini alias Pantalone, richtiger Sohn des Enrico Slavo, ruft zu Juliette hinüber:

Willkommen, du Milch von der ergiebigen Kuh, du hohe Erhabene, mit dem Stößel verdichtet, alles vermehrend, Fülle verschaffend und vertreibend die Narrheit. Willkommen Juliette.

Tonios Enttäuschung, bei Juliette nicht gelandet zu sein, ist unübersehbar.

Venedig ist zivilisierter als der Rest der Welt

Tonio Pandalfini, auf dem Butterfass stehend und Scherben in seinen Händen:

Venedig ist zivilisierter als der Rest der Welt. Dank der Laufkundschaft, der Touristen, aus allen Himmelsrichtungen.

Dank deren Freigiebigkeit, deren Überfluss, deren Gefräßigkeit und deren totalen Gedächtnisschwäche, was Preise, Nutzen und Kosten betreffen, leben wir hier gut, ja sogar sehr gut und in Frieden. Ich, Tonio Pandalfini, wünsche dir, Juliette LaRue, künftige Loredano, voller Neid, dass es dir auf dieser Basis immer gut gehen wird.

Tonio fährt fort: *Wir haben das Vertrauen der Menschen, die Akzeptanz der Regierung und die Stabilität des Geldes. Wir leiden nicht unter der durch die Finanz-*

wirtschaft strapazierten Realwirtschaft, nicht wegen stillstehender Produktionsbänder und der Flucht der Menschen in die Sachkäufe. Das ist eine gute Basis für deine Ehe, Juliette.

Tonio fährt mit traurige Stimme fort: *Wir sind weder arm noch arbeitslos. Uns Venezianer, uns Vernünftler zeichnet Bescheidenheit modestià aus.*

Juliette, du wirst es bei Paolo gut haben. Hättest es aber auch bei mir gut gehabt.

Pieghetta mischt sich ein: *Wir Dorsodurianer sind ja bekannt für derbe aber treffende Ausdrucksweisen. Wenn zwei Menschen sich lieben und deshalb einander näher rücken, sollte einer von beiden nicht den Anspruch erheben, den anderen in Gedanken, Worten und Werken so machen zu wollen, wie es seiner momentan aufgegipfelten und gefälligen Erwartung entspricht. Diese Art der Zuwendung oder Ablehnung von Aufmerksamkeit für einen lieben Menschen ist sachlich und symbolisch ein zerstörerischer Dienst für die Liebe: Man zeigt dem anderen seinen eigenen Arsch beim Scheißen. Nichts für Ungut, Tonio. Aber zu mehr würde es für Juliette bei dir nicht reichen. Du willst eine andere aus Juliette machen, als die, welche sie ist und sein will.*

Eigentlich mögen wir die Touristen gar nicht

Venedig im Regen

Hotel- und Speiselokal-Besitzerin Frau Greta Levà, ein Augenmensch, eine alles

augenscheinlich beurteilende Gastrono-
min, ruft in die Menge: *Eigentlich mögen
wir die Touristen überhaupt nicht. Wir
gehen ihnen, wo immer es geht, aus dem
Weg. Nur einige von uns werden reich
wegen deren Umtriebigkeit.*

Das ganze Jahr über ist Frau Greta Levà
eine Trauernde. So scheint es zumindest,
wegen ihrer grauen Schulterumhänge,
den schwarzen Spitzenmanschetten und
der weit herab hängenden Straußen-
feder am Hut. Diese Kleidung trägt sie
jahraus und jahrein.

Tonio widerspricht: *Du scheinheilige Greta Levà. Gerade du verdienst mehr als
genug aus deinen Geschäften, mit deinen
Speisen, deinen mit Lügen pikierten Tou-
risten-Menüs, deinen mit Brecheisen auf-
gerissenen, grenzenlos überzogenen Prei-
sen.*

*Dein Koch spuckt doch aus lauter Verach-
tung in die Gerichte der hungernden oder*

vermeintlich hungernden, meist willenlo-
sen Wandergefräßigen!

Frau Greta Levà antwortet entschieden:
Jeder kehre an seiner Tür. Sage ich etwas
über deine kriminellen Neigungen und Ge-
schäfte?

Pantalone wirft mit Käse

Antonio alias Pantalone, vor der Bretterbühne als einziger mit einem kleinen,
runden Tischleindeckdich und mit Speisen und Getränken versorgt, wirft mit
Käsestückchen in Richtung Tonio, seinen
vermeintlichen Sohn.

Tonio Pandalfini, überrascht, noch immer
auf dem Butterfass stehend, verliert das
Gleichgewicht und stürzt auf die Scherben der von ihm symbolisch zerschlage-
nen Vase.

Das Volk lacht und Frau Greta Levà
spuckt verächtlich auf den Boden. Sie
sagt laut:

Seht ihr den Niederträchtigen, den Vor-
steher aller Verderbten? Gott im Himmel
bestraft sofort diejenigen, die ehrbare,
tüchtige und wohlwollende Menschen wie
mich beleidigen und verunglimpfen.

Auf Tonio deutend, meint Greta Levà:
Dass Juliette niemals und nimmer Inte-
resse an dir gezeigt hat und dass du ihr
niemals genügen könntest, liegt auf der
Hand.

Herr Sandro Quercia ergreift wieder das Wort

Sandro Quercia: *Ich wiederhole noch ein-*
mal: Abertausend Geschichten gibt es über
euch, ihr Leute aus dem Dorsoduro und
aus Venedig, anständige und unanstän-
dige, saubere und schlüpfrige, aber keine
über die Braut, über Juliette LaRue. Weiß
einer eine zu erzählen?

Alle Augen richten sich wieder auf Juliette. Es ist still, sehr still auf dem Platz.

Weiß einer, ob die Braut katholisch ist?

Antonio alias Pantalone mischt sich ein: *Es gibt nichts zu erzählen. Juliette ist was sie ist, die Braut. Außerdem ist sie Französin.*

Der Heiratsvormund, Herr Sandro Quercia, ruft ins Volk: *Weiß einer, ob sie katholisch ist?*

Pietro ereifert sich: *Sie ist katholisch und Demokratin mit Leidenschaft!*

Hierzu meldet sich der Ortsvorsteher Filippo Girante: *Demokratie ist unvereinbar mit Katholizismus. Deshalb sind wir allesamt Katholiken!*

Antonio alias Pantalone: *Wer ist WIR?*

Wir sind nur eben anders

Der Bräutigam, Paolo Loredano, mischt sich kurz aber bestimmt in den Fortgang der Trauung:

Juliette ist katholisch wie du, Antonio, nur eben anders katholisch. Sie ist ehrlicher und wahrhaftiger als du!

Also glaube ich nicht an Gott

Pierre LaRue: *Ich, Prof. Dr. Pierre LaRue, habe meine geliebte Tochter Juliette eigentlich zum Atheismus erzogen. Es wäre unwahr, zu leugnen, dass ich nicht an Gott, an Himmel und Hölle und an ein religiöses Martyrium glaube. Also glaube ich nicht an Gott. Andererseits ist >Nicht glauben< auch >Glaube<. Ich glaube, dass es Gott nicht gibt.*

Mit meinem algerischen Freund, Djamal Iben Chaldun, Professor in Guelma, einer mittelgroßen Universitätsstadt im nördlichen Algerien, besprach ich einmal dieses Thema ernsthaft. Er meinte: Alles, was der Mensch denken könne, gäbe es de facto oder würde es einmal geben bzw. würde sich irgendwann offenbaren. Der Mensch könne sich gar nichts ausdenken, das es nicht gäbe. Also müsse es einen Gott geben.

Es ist doch egal, ob es einen Gott gibt

Er zog daraus den Schluss: Es ist doch egal, ob es einen Gott gibt oder nicht. Wenn es ihn gibt, liege ich richtig, auch ohne Glauben an Gott. Gibt es ihn nicht, kann mir auch nichts passieren. Ich habe dann mein Menschenmögliches getan.

Da wäre noch die Lüge

Ich begegnete Djamals Argument mit dem Hinweis: Aber da wäre ja noch die Lüge. Sie erfindet doch Dinge, die es gar nicht gibt. Sie ist allerdings unverzichtbar und lebensnotwendig. Könnte der Menschen nicht lügen, wäre die Gattung Mensch längst ausgestorben bzw. aus der Welt verschwunden. Wie gesagt, sie erfindet notwendigerweise etwas, das es gar nicht gibt.

Zählen wir Gottesglaube und Religion zu den ganz großen Lügen der Menschheit, zu den notwendigen oder Überlebenslügen.

Mit Djamal war ich damals gerade in Gualma unterwegs. Eine Gruppe politisch Oppositioneller der FLN (oder sagen wir: Aufständischer) wurde während des Unabhängigkeitskrieges in Algerien, von bewaffneten Soldaten der französischen Armee verfolgt. Ein Befehlshaber der Armee befragte meinen Freund Djamal, ob er gesehen habe, in welche Richtung die Gruppe geflüchtet sei. Djamal antwortete, sie sei Richtung Osten geflohen. Das sei gewiss. Das war eine Lüge. In Wirklichkeit floh die Gruppe gen Westen, in ein nur schwer zugängliches Gebirgsmassiv. Also hatte Djamal gelogen, um Menschenleben zu retten.

Da man >Glauben an Gott< ursprünglich unter der Hand als Geheimnis mitteilte, fand er bald seinen Weg in die Welt. Die Menschen, die erstmals quasi missionarisch den >Glauben an Gott< anboten, waren guten Mutes, eine Maschinerie in Gang zu setzen, die Götter und Engel erzeugte, um dem Menschen eine Zukunft nach dem Tod zu offerieren, eine schöne, *anmutige für Herz und Seele, soweit man im religiösen Sinne unbescholten durchs Leben wandelte, oder eine unschöne, plumpe, reizlose und hässliche, mit der Folge, dass ein Teufel in allerlei Boshaftigkeit gegenüber den Menschen sich betätigen kann.*

Der Mensch ist unsterblich?

Denn man sagte den sterblichen Menschen, sie seien in Wirklichkeit unsterblich. Des Menschen endgültige Wohnung nach dem leiblichen Tod sei nicht die Erde oder die Luft, sondern entweder die allerintimste Vertraulichkeit mit Seinesgleichen und den Engeln im Himmel oder alternativ die Verbiesterung, Angst und Furcht und gegenseitige Entfremdung in der Hölle. Beschlüsse hierfür seien im Einzelfall an einem jüngsten Gericht – wo Gott richtet - zu erwarten. Das alles war einleuchtend und erlösend im Angesicht des als unausweichlich empfundenen künftigen Todes.

Padre David Pinque: *Schluss mit dem alt-klugen Gerede. Es wird geheiratet. Ich habe dafür zu sorgen, dass beide in einer ordentlichen, rechtmäßigen Beziehung leben, ob es einen Gott gibt oder nicht.*

Padre David Pinque erhebt seine Stimme. Sein provisorischer Stuhl aus Holzlatten knirscht bedrohlich.

Padre Davide Pinque: *Ich glaube, ich stehe besser. Und du, Braut Juliette, lässt dich von deinem Vater zum Altar führen! Prof. Dr. Pierre LaRue, er ist doch dein Vater? Komm, Juliette!*
o

Juliettes Vater, Prof. Dr. Pierre LaRue, der kein Wort Italienisch spricht, und von all´ dem, was um ihn herum passiert, nicht viel mit kriegt, lässt sich gefügig zu Padre Pinque führen.

Padre Pinque: *Du, mein lieber Paolo Loredano, Sohn der Valentina Loredano und des verstorbenen Seemanns Lorenzo, du, mir auch als Leichenbesorger am Friedhof*

San Michele bestens vertraut, packe deine zögerliche Mutter Valentina, die Ungläubige, die ich in meinem ganzen Leben noch nie in der Kirche der Heiligen Maria der Karmeliterinnen gesehen habe, und komme hierher. Es ist ein wenig eng hier.

Valentina flüstert ihrem Sohn Paolo zu: *Geh´ schon vor, Paolo. Ich finde alleine hin. Er, der Padre, stinkt bis hierher nach Knoblauch. Seine Köchin lüftet zu wenig.*

Paolo: *Reiß dich zusammen, Mama! Wenigstens so lange, bis Juliette und ich verheiratet sind.*

Paolos Zwillingsbruder, Pietro, sucht in seinem Sonntagsanzug die Ringe des Paares.

Amelia degli Alberti, die Mutter von Giulia, ist als Brautzeugin geladen. Sie denkt sich: *Immer das gleiche Spiel mit den Ringen. Einer sucht die Ringe. Aber da sind sie ja!*

Amelia degli Albertis Tochter, Giulia, bringt den duftenden Hochzeitsstrauß nach vorne. Sie reicht den Brautstrauß an Juliette.

Juliette LaRue und Giulia degli Alberti

sind Freundinnen.

Juliette: *Danke, Giulia! Den Strauß hätte ich beinahe vergessen.*

Paolo stellt sich erst links, dann rechts, dann links neben Juliette, und er wird letztendlich von Padre Davido Pinque auf den richtigen Platz verwiesen.

Juliette gibt Paolo einen schnellen Kuss

Juliette gibt Paolo einen schnellen Kuss. Padre Davido Pinque protestiert: *He! He! Geküsst wird erst hernach. Ihr seid noch nicht verheiratet.*

Frau Mira Pieghetta, die berufsmäßige Stadtteilhure in der Maske der Madonna mit den zwei Bäumchen, tadelt Padre Davido Pinque:

Lass´ sie sich doch küssen! Das ist so rührend. Eine Französin, die küsst.

Antonio alias Pantalone dazu: *Du dummes Rindvieh, Mira Pieghetta, halte doch end-*

*lich deinen Mund, der nur falsche Küsse
kennt.*

Pieghetta, ziemlich eingeschnappt, zu
Pantalone: *Selber Rindvieh, nein, Ochse!*

Juliette dreht sich zu Mira Pieghetta um
und schenkt ihr einen lieben Blick und
einen gefälligen Wink mit der Hand, die
den Brautstrauß hält.

**Pieghetta streicht Tränen der Rührung
aus dem Gesicht**

Pieghetta nimmt ihre Madonna-Maske ab
und streicht mit ihren Fingern Tränen
der Rührung aus ihrem faltigen Gesicht.

Antonio alias Pantalone schlägt hart und
ungeduldig mit der Faust auf das Tischleindeckdich: *Himmel, Donner! Priester,
rühr deinen dicken Arsch und fahre endlich fort mit der Heiratszeremonie. Wir
kommen ja nie zum Festessen.*

Salvatore Madox, der Sizilianer, mischt sich ein: *Wenn man den Esel drängt, kommt man zu spät. Wenn man dem Esel freien Lauf lässt, kommt man zu früh an. Si cacci lu sceccu, tardu arrivi; si camina tardu, prestu arrivi!*

Die Anwesenden lachen wegen des holprigen sizilianischen Dialektes von Salvatore.

Keiner macht hier etwas falsch

Juliettes Vater, Monsieur LaRue, Professor für Anlagensicherheit in Frankreich (beschäftigt mit Methoden für die Zuverlässigkeits- und Risikoanalyse konventioneller und nuklearer technischer Anlagen und mit nuklearer Sicherheitsforschung mit den Schwerpunkten Reaktorsicherheit sowie Endlagersicherheit) dreht sich verunsichert zu Pantalone.

Prof. Dr. Pierre LaRue auf Französisch: *Herr Pantalone, habe ich etwas falsch gemacht?*

Antonio alias Pantalone: *Wie sollen sie das! Nein, Monsieur LaRue, keiner macht hier was falsch, wenn nur unser Herr Sandro Quercia, der Hochzeitsvormund, willfährig ist. Ich hoffe, sie als Brautvater haben den Hochzeitsvormund schon bezahlt?*

Juliette fragt an Antonios Stelle: *Vater, hast den Hochzeitsvormund bezahlt?*

Prof. Dr. Pierre LaRue zur Tochter: *Ja, selbstverständlich, 1000 Euro, soweit ich mich erinnere.*

Was, 1000 Euro? Antonio alias Pantalone erstaunt:

1000 Euro? Dieser uralte Schaumschläger von Hochzeitsvormund bekam 1000 Euro? Das kann er nur bei dummen Fremden machen.

Herr Sandro Quercia, Hochzeitsvormund, spricht mit weiten Augen, so als sei er die reine Unschuld, in Sachen Honorar:

Na ja, die Fremdsprache und die andere Mentalität. Monsieur LaRue spricht kein Wort Italienisch, und ich kann nicht Englisch und schon gar nicht Französisch sprechen. Das macht die Hochzeit und das Drumherum komplex.

Salvatore Madox, der Sizilianer, wirft ein: *Wer Geld hat, hat immer Recht! Chi ga schei ga sempre rason!*

Alle Anwesenden lachen wegen des ungewohnten sizilianischen Dialekts des Salvatore.

Antonio alias Pantalone zu Sandro Quercia: *Halt lieber die Klappe - und iss ein Stück von dem Käse, bevor ich mit diesem nach dir werfe.*

Paolo wird zunehmend ungeduldig. Er bittet den Priester: *Padre, könnten sie* jetzt fortfahren und es kurz machen mit der Verehelichung. Der Worte sind genug gewechselt.

Padre Davide Pinque: *Man lässt mich ja nicht. Das ist ein verwahrloster Verbundladen hier!*

In einer so bedeutenden Nacht

Antonio alias Pantalone zu Leonardo Lecchino, dem Immobilienmakler, der Juliette auch gerne geheiratet hätte:

Du, Lecchino, heimlicher Verehrer Juliettes, bist ja gegen alles und jedes von Grund auf, prinzipiell und ausschließlich zu deiner Unzufriedenheit. Hast du etwas gegen die Heirat einzuwenden?

Frau Mira Pieghetta mischt mit: *Der Lecchino und Juliette? Ein Witz. Er soll sich zurück halten. Mir schuldet er aus seinen Besuchen noch 500 Euro, dieser Fruchtzwerg."*

Herr Lecchino wirft verärgert seine Zie-genhorn-Pfeife, sein bestes Stück, auf den Boden. Sie zerbricht in drei Teile.

Leonardo Lecchino droht Pieghetta mit dem Mittelfinger und macht sich hernach aus dem Staub.

Die inzwischen auf der Bühne angekom-mene Valentina Loredano, Mutter des Paolo, dreht sich zum Volk und ermahnt:

Jetzt haltet ihr alle endlich mal euren Mund. Ihr wart nicht geladen, und wenn doch, dann um Juliette und meinen Sohn Paolo Anerkennung und Aufmerksamkeit zu schenken. In so einer Nacht wie der heutigen ist Disziplin angesagt. Haltet euch endlich zurück, so wie es sich bei einer Hochzeit gehört.

Prof. Dr. Pierre LaRue bittet seine Toch-ter Juliette, vom Stehen ermüdet, um einen Stuhl. Padre Pinque gibt ihm den seinigen.

Juliette: *Vorsicht Papa, der Stuhl ist ziemlich wackelig!*

Prof. Dr. Pierre LaRue: *Na, wenn er den fetten Padre aushält, dann schafft er auch mich.*

Mädchen, du bist die einzige Kompetente

Anscheinend amüsiert Prof. Dr. Pierre La Rue das Drumherum.

Er streicht Carla, der Ministrantin, über die Haare und sagt auf Französisch:

Carla, mein Mädchen, mir scheint, du bist die einzige Kompetente in der Hochzeitsgesellschaft!

Carla degli Alberti versteht Monsieur LaRue nicht.

Carla, in lateinischer Sprache: *Professor LaRue, sprechen sie in Latein mit mir,*

wenn sie das Italienische nicht beherr-
schen.

Die freche Carla

Prof. Dr. Pierre LaRue in lateinischer
Sprache: *Mein Mädchen, mir schein, du
bist die einzige Kompetente in der Hochzeitsgesellschaft?*

Carla, die Ministrantin antwortet latei-
nisch: *Denken sie sich nichts, mein Herr
LaRue. Padre Davido Pinque ist verärgert.
Er erwartet, dass auch er zum Hochzeits-
festessen bei Gianni eingeladen wird. Das
haben sie bisher als derjenige, der hier
alles bezahlt, versäumt. Holen sie es nach,
dann läuft alles wie am Schnürchen.*

Prof. Dr. Pierre LaRue: *Mache ich, kluges
Mädchen!*

Carla degli Alberti, in einem Rokoko-
Ministranten-Kleid, fein aufgeputzt, em-
pfiehlt auf Latein des weiteren: *Mein Herr
LaRue, gut wäre auch, wenn sie einige aus*

dem Volk zum Festmahl einladen würden -
und auch mich. Das macht sie unsterblich.

Wo hast du so gut das Latein gelernt?

Prof. Dr. Pierre LaRue: *Wo hast du so gut
Latein gelernt?*

Carla degli Alberti: *Bei Frau Lehrerin Gol-
ling, meiner Lieblingslehrerin!*

Padre Davido Pinque greift rügend ein:
*Carla, hältst du endlich dein vorlautes
Mundwerk?*

Carla: *Ich habe nur in ihrem Sinne ge-
sprochen!*

Padre Davido Pinque: *Unsinn, Carla!*

Prof. Dr. Pierre LaRue, Carla in Schutz
nehmend: *Padre Pinque, sie kommen doch
hoffentlich auch zum Festmahl bei Gianni?*

Padre Davido Pinque wendet sich hilflos an Juliette: *Was hat er geantwortet, dein Vater?*

LaRue spricht zum Volk

Prof. Dr. Pierre LaRue spricht zum Volk, wie von Carla befohlen: *Gut so, Carla!*

Prof. Dr. Pierre LaRue, von seiner Tochter liebevoll ins Italienische übersetzt:

Liebe Narren. Liebe Menschen. Ich bin gerührt, sie hier wegen der Verehelichung meiner Tochter und meines künftigen Schwiegersohnes Paolo versammelt zu sehen. Gerne möchte ich einige unter ihnen zu unserem feierlichen Mahl bei Herrn Gianni an der Flößer-Anlegestelle einladen. Alle einzuladen, das geht allerdings nicht. Ich habe eure netten Plaudereien untereinander zwar nicht verstanden, aber immerhin mitbekommen.

Das kluge Mädchen hier, Carla, die Ministrantin, hat mich auf die Idee gebracht,

zumindest ein paar von euch zum Fest-
mahl zu bitten. Meine Tochter Juliette hilft
mir dabei. Seien sie mir nicht böse, wenn es
nur ein paar wenige sein können.

Juliette zum Volk: *Ich soll Vater helfen!*

Prof. Dr. Pierre LaRue: *Diese Dame hier,*
die in der Maske einer Madonna, in deren
Augen vor Rührung Tränen flossen, bitte
ich.

Juliette: *Mira Pieghetta, dich meint mein*
Vater. Gibst du uns die Ehre, beim Fest-
mahl dabei zu sein?

Antonio alias Pantalone: *Ehre, wem Ehre*
gebührt. Das Hurengeschäft war in Vene-
dig zwar immer schon ein Hauptgeschäft.
Aber deshalb gleich Mira Pieghetta ein-
laden?

Mira Pieghetta: *Oh Juliette, wie gerne*
nehme ich die Einladung an!

Pieghetta nimmt weinend die Madonnen-Maske vom Gesicht.

Juliette: *Und du, Tonio? Kann ich mit dir rechnen?*

Tonio Pandalfini: *Ich könnte mir keine bessere Gelegenheit, die Nacht mit dir zu verbringen, vorstellen.*

Juliette: *Danke, Tonio, für die Anzüglichkeit. Antonio, dein Vater, ist sowieso unser Gast. Ebenso sind es der Herr Sandro Quercia, unser Hochzeitsvormund, und Padre Davido Pinque.*

Prof. Dr. Pierre LaRue meldet sich erneut: *Diese Dame rechts ist mir noch aufgefallen. Kannst du sie fragen, Juliette?*

Meine beste Freundin

Juliette: *Ich soll dich fragen, Giulia degli Alberti, meine beste Freundin, ob du auch mit kommst? Aber das ist ja ganz selbstverständlich.*

Juliette zu ihrem Vater: *Das ist Giulia, meine beste Freundin, Mutter der Carla, der Ministrantin. Ihr gebührt der Platz an deiner Seite, Vater.*

Die Frau sei dem Manne untertan

Padre Davido Pinque: *Können wir jetzt endlich anfangen? Oder wollen die beiden sich gar nicht vermählen? Paolo, sag´ endlich ein Machtwort. Die Frau sei dem Manne untertan.*

Antonio alias Pantalone zu Prof. Dr. LaRue: *Monsieur, eine große Geste, was sie da inszeniert haben. Das kommt nicht oft vor im Dorsoduro und kostet ihnen eine Menge Geld.*

Die Ministrantin, die freche Carla: *Sehen sie, Monsieur LaRue, auf mich ist Verlass. Bei solchem Anlass bekomme ich im durchschnittlich 100 Euro als Taschengeld. Es kann auch ein wenig mehr sein.*

Padre Pinque bekommt den lateinischen Bettelakt seiner Ministrantin Carla mit.

Er schlägt Carle zur Strafe kräftig gegen den Hinterkopf. Carla fällt samt Weihrauchfass von der Bühne, die Treppen hinunter.

Carla wütend und vernehmlich: *Padre-Schweinebacke und Schmierlappen-Pinque! Der Teufel soll dich holen.*

Eine plötzlich vom Giudecca-Kanal her kommende Windböe wirbelt Kleider und Masken durcheinander.

Ein Pferdewagen?

Padre Davido Pinque erstarrt: *Ich traue meinen Augen nicht! Seht da, eine Droschke und vier Pferde mitten im Dorsoduro! Kommt der Teufel jetzt mit dem Pferdewagen?*

Alle wenden sich dorthin, wohin Padre Pinque entgeistert eine Hand hin streckt.

Der Sonnenwagen

Ein von vier weißen Pferden gezogener Sonnenwagen kommt aus der nach der toskanischen Stadt Pienza benannten Gasse *Calle della Pienza* direkt auf die Bühne zugefahren, so wie es sich Juliette immer erträumt hatte.

Im Wagen sitzen die neunzigjährige Clara Lippi, daneben ihr Gatte, der zweiundneunzigjährige Ludovico Lippi. Beide sind die Stadtteil-Ältesten im Dorsoduro und Ehrenbürger von Venedig.

Das Gefährt wird von einem Arbeiter des Antonio, einem Zanni gelenkt. Nach Halt der Droschke steuert als Erste Clara Lippi humpelnd und mit strahlenden Augen direkt auf Juliette zu:

Carla Lippi

Carla Lippi: *Im Wagen ist Eingewecktes, genug für 12 Monate, eingelegte Pflaumen, solche mit und ohne Band. In denen mit Band sind Rotweinpflaumen, in denen ohne nur Pflaumen. Zwanzig Gläser mit eingeweckten Bohnen habe ich auch mitgebracht. Auch Birnen habe ich dabei. Die ersten von der Insel Erasmo. Und zehn Gläser Kirschen, aber mit Stein, liegen hier verpackt. So schmecken sie einfach besser. Selbst gemachtes Tomatenmark ist auch in der Kiste. Im vergangenen Jahr waren die Tomaten besonders schmackhaft. Diese müsst ihr bald essen.*

Ludovico Lippi zu seiner Gattin: *Clara, ich bitte dich, fasse dich kurz. Die hier wollen Hochzeit feiern, endlich heiraten und nicht Vorräte sammeln. Zumindest jetzt gerade nicht. Grüß Gott, Herr Pfarrer.*

Clara Lippi: *Ich mit meinen 90 Jahren werde doch wissen, was für ein junges Paar gut ist! Gerade wenn man heiratet, sollte man Vorräte sammeln. Du bist einfach schon zu alt mit deinen 92, um so etwas beurteilen zu können. Nimm dir Paolo als Vorbild!*

Salvator Madox, deutet auf den zufrieden strahlenden Paolo und wirft ein: *Wenn ein Mann durch Heirat glücklich wird, kann ihn nichts auf Erden aufhalten! Auch nicht eine Clara Lippi. Quannu lu poviru veni a beni, nun c'è terra chich lu teni.*

Die Anwesenden lachen wegen des sizilianischen Dialektes von Salvatore.

Hast du, so halt es fest. Weißt du, dann schweige. Kannst du, dann tue es

Das milde Licht, das plötzlich über Claras Haupt leuchtet, scheint Glück, Freude und Zuversicht für die Zukunft des Hochzeitspaares zu verheißen.

Clara verkündet Paolo und Juliette eine alte venezianische Weisheit: *Hast du, so halt es fest. Weißt du, dann schweige. Kannst du, dann tue es!*

Nachspiel

Die Leiche

Am Aschermittwoch des Jahres 2008, am Tag nach Juliettes und Paolos Hochzeit, kommt die Leiche des Enrico Slavo auf Paolos Anrichte. Paolo nennt den Pflegetisch für seine Leichen >Anrichte<.

Der Name des Enrico Slavo ist auf einen wasserfesten Anhänger geschrieben und am rechten Zehen Slavos festgezurrt.

Paolo Loredano ist erstaunt: *Enrico Slavo? Das ist doch Tonios Verwalter und Geschäftsführer?*

Enrica Slavo hat sich in der Nacht von Faschingsdienstag auf Aschermittwoch erhängt. Das geschah im Gefängnis bei der Kirche der Heiligen Terese, im Dorsoduro. Im Dorsuduro ist Enrico Slavo aufgewachsen.

Paolo begibt sich ans Telefon, um Tonio anzurufen.

Paolo: *Tonio, hier liegt Enrico Slavo. Du weißt?*

Tonio Pandalfini: *Ja, Paolo, ich weiß. Ich bin zu tiefst erschüttert. Aber man kann halt in einen Menschen nicht hinein sehen.*

Du kannst im Leben auf zwei Arten zu Recht kommen, entweder du träumst das Leben oder du lebst das Leben.

Paolo Loredano bildet sich ein: *Die einzige Sache, wofür es sich zu kämpfen lohnt, ist der Friede mit sich und – wenn jemals erfahrbar – mit anderen.*

Paolo richtet den Blick auf den leblosen Körper des Enrico Slavo.

Enrico war ein Tänzer zwischen den Welten, in der Welt im Dunkeln und in der Welt im Licht.

Wie im richtigen Leben

Enrico Slavos Welt im Dunkeln hatte viele Schauplätze und geheime Orte für Handlungen und Unterlassungen. Slavo begegnete Menschen, deren Ziel es war, die Gesellschaft in ihrem Bestand bewusst und aus Überzeugung zu schädigen. Eine Einstellung, zu der sich Tonio Pandalfini (nicht aber Enrico Slavo) bekannte.

Enrico Slavo verkehrte mit Menschen, die ein hoch entwickeltes Bewusstsein für rechtes Handeln und Wirken in der Gesellschaft hatten und die geltenden gesellschaftlichen Normen im Laufe ihrer Geschichte verinnerlichten - und trotzdem geschickt abweichend von diesen handelten.

Enrico Slavo musste sich mit Menschen auseinandersetzen, die von heute auf morgen einfach so ausgeschert sind, aus allem, was ihnen vorher heilig, lieb und teuer war.

Und Enrico Slavo war Medium zwischen den unterschiedlichsten sozialen Ordnungen und Schichten.

Die Lieferung von Leichen

Paolo bekommt die Leichen oft zwischen Todesstarre und vorläufigem Endzustand. Laut Landesgesetzlicher Fristen muss er die Leiche zügig besorgen und beerdigen.

Enricos Slavos Leichnam befand sich bei Lieferung noch in der Leichenstarre. Sie war in den unteren Gliedmaßen mit rotblauen Totenflecken überdeckt.

Aus irgendeinem Grund hegt Paolo Zuneigung zur Leiche des Enrico Slavo.

Wenn von einmal vorhandenem Leben jedwede Äußerung wie Muskelreflex, Temperaturempfindung, deutlich sichtbares Adergeflecht usw. verschwunden sind, dann sucht Paolo manchmal, als wolle er nicht glauben, dass ein Leben völlig verlöschen kann, im Bauchraum, in den Verdauungsorganen das Rumoren, die Mischbewegungen zum Durchmischen des Speisebreies mit den Verdauungssäften, die peristaltischen Wellen, mit denen der Darminhalt zum After befördert wird, und die Muskelbewegungen zur Feineinstellung der Schleimhäute, die sich zu Lebzeiten ständig bemerkbar machenden Hauptbewegungsformen im Magen-Darm-Bereich.

In Enrico Slavos Bauchraum ist Totenstille

In Enrico Slavos Bauchraum ist Totenstille. Slavo beendete mit dem Freitod seine bürgerliche Existenz, seine Rechtsfähigkeit und im Verständnis der Katholischen Kirche sein *Leben als der Sünden Sold*, dem ein *Jüngstes Gericht* und die Auferstehung folgen.

In jedem Fall setzte er einen Schlusspunkt für sein soziales, rechtliches und biologisches Leben.

Paolo: *Wir machen jeden Blödsinn mit, nur um unsere Pflichten und die Erwartungen anderer erfüllt zu haben. Warum eigentlich?*

Paolo fragt sich: *Sah er seinen Freitod als Opfer, weil sein Tod ihm die Möglichkeit gab, sein Leben für einen anderen Menschen zu lassen? Aber für wen? Welcher ist der Ertrag seines freiwilligen Todes?*

Im alten Haus am Westend des Dorsoduro

Enrico Slavo gehörte das alte Haus am Westend des Dorsoduro. Es ist dasselbe Haus, in dem Paolo Loredano und seine Cousine Marta Martelli in ihrer Kindheit Zuflucht suchten, sich versteckten, sich die wildesten Geschichten ausdachten und Geheimnisse anlegten. Das ziemlich verfallene Armen-Häuschen, das sie über Jahre ihrer Kindheit als ihr eigenes, ihr Refugium, ansahen.

Ein Gläschen Rosenwasser

Nachdem Enrico Slavos Totenstarre sich gelöst hatte, öffnete Paolo Slavos Mund, um symbolisch, wie er es immer bei sympathischen Leichen tat, als Abschiedstrunk ein Gläschen Rosenwasser hinein träufeln zu lassen. Das war Paolos Art, mit Leichen nach getaner Arbeit abzuschließen.

Beim Öffnen des Mundes fiel Paolo eine metallene Kapsel, die zwischen Backe und Zunge eingezwängt war, in die Hände. Die Kapsel verwunderte Paolo.

Neugierig öffnete er diese. Er fand ein gerolltes Papierstück.

Der geschriebene Inhalt aus der Kapsel setzte eine Spanne vom alten zum neuen Unglück, ein ganz schönes oder unschönes Stück Weges, will ich mal geheimnisvoll behaupten.

>Selbst eine Katze<, sagt man in Venedig, >kann dir einen Plan vereiteln!<

Dokumente

Paolo begab sich noch am Abend nach Aschermittwoch, im Innersten aufgeschreckt, jedoch zielstrebig, als führe ihn eine fremde Hand, zum alten Haus am äußersten Zipfel des Dorsoduro.

Das Licht dort war sehr spärlich. Paolo musste in der Deckenverkleidung im ersten Stockwerk, in der ehemaligen Küche, eine braune Wildledertasche mit Dokumenten finden. Das war Slavos letzter Wille.

>Ich bin unschuldig verurteilt!< stand handgeschrieben auf einem Stück Papier. Dem folgte eine ausführliche, handgeschriebene Darstellung des wirklichen Sachverhaltes, der zu Slavos Verurteilung führte. Tonio war mit keinem Wort erwähnt.

An der Tür zur Macht steht: Stoßen und ziehen.

Staatsanwältin Dellanotte zu Richter Cristoforo Melma: *Richter Melma, seien sie so gut, und fallen sie mir nicht die Treppen hinunter, wenn sie jetzt verschwinden.*

Richter Cristoforo Melma nimmt sich nicht die Zeit, auf Dellanottes Hinweis zu antworten. Er ist in Eile.

Allein schon wegen der Neugierde, wie Richter Melma reagieren wird, wenn er von der Wende im Fall Enrico Slavo erfährt, war es der Staatsanwältin Dellanotte wert, ihren Amtskollegen in eigener Sache zu unterrichten und zu informieren.

Selbstverständlich handelte Staatsanwältin Dellanotte gegen geltende Vorschriften für einen derart gelagerten Fall, in dem ein Richter wegen Rechtsbeugung und Amtsmissbrauch angeklagt werden würde.

Trinkgeld für Rosario Matteo

Am Anlegeplatz für Schiffstaxi, am Grossen Kanal, gibt Richter Cristoforo Melma

Weisungen: *Rosario, mach` alle Lichter aus und fahre mich schnellst möglich durch den Giudecca-Kanal zum Troncchetto, wo mein Auto steht, aber flink. Ich habe keine Zeit mehr.*

Rosario Matteo: *Aber Herr Melma, so kenne ich sie gar nicht. Ist was passiert?*

Cristoforo Melma: *Und ob was passiert ist! Eile dich!*

Richter Cristoforo Melma erinnert sich beiläufig an einen Rat seines inzwischen verstorbenen Vaters, des Professors Filippo Melma, Gelehrter in allen Humanwissenschaften:

Cristoforo, mein Sohn, du bekommst heute nicht unverdient die Doktorwürde für das Recht verliehen. Wissen verpflichtet.

Wie viele Paradiese und Höllen trage ich wissentlich in mir? Nicht Wissen, sondern das Streben nach Macht und Reichtum sind eine Plage der Seele:

Die Hölle ist bei weitem nicht so schlimm, wie die Art und Weise, mit der man in sie gelangt.

Richter Cristoforo Melma gibt beim Aussteigen aus dem Schiffstaxi am Troncchetto Rosario Matteo ein stattliches Trinkgeld.

Rosario erschreckt über die Höhe des Trinkgeldes und will es nicht glauben.

Richter Cristoforo Melma: *Nimm es, Rosario. Es ist gerecht!*

Rosario: *Sie wissen um die Krankheit meiner Mutter?*

Nach dem Trinkgeld ist Richter Cristoforo Melma nie wieder in Venedig und Umgebung und überhaupt gesehen worden.

Er hat Glück im Unglück: Das Glück ist wie eine Kuh. Dem einen zeigt sie die

Vorderseite. Dem anderen das hässliche
Hinterteil.

Ende

Mit Dank an Nobile Antonio Palotti. Besser ein lebender Esel als ein toter Gelehrter *Meglio un asino vivo che un dottore
morto*

"Gott wohnt hier auf der Lagunen-
Insel Isola di San Secondo!", be-
hauptet die feinfühlige Stadtteilhure
Mira Pieghetta aus dem Dorsoduro.
Oder weißt Du es besser?

Der Autor

Rolf D. Kaufmann, Jahrgang 1942, arbeitete als Lehrender 29 Jahre an einer deutschen und 6 Jahre an einer italienischen Universität. Er studierte Kunstgeschichte, Malerei und Grafik in Rom, Politikwissenschaften in München, Pädagogik, Philosophie, Soziologie, Indologie und Sinologie in Freiburg. Die ihn am meisten beschäftigenden Themenstellungen sind Marginalität, in gesellschaftlicher Grenzstellung befindliche Personen, Ethnizität, Ambivalenzen in Mehrfach-Identitäten – und der Dialog zwischen den Kulturen. Private und berufliche Gründe führten ihn nach Asien, Vorderasien, Afrika, in arabische Länder und nach Süd- und Mittelamerika.

Zeitfracht Medien GmbH
Ferdinand-Jühlke-Straße 7
99095 Erfurt, Deutschland
produktsicherheit@kolibri360.de